MERMAIDS

Kleines Handbuch für Meerjungfrauen und Nixen

Geschrieben von
Mermaid Daniela Rodler

Illustriert von
Stephanie Naglschmid

Bibliografische Information der Deutschen Nationalbibliothek
Die Deutsche Nationalbibliothek verzeichnet diese Publikation in der Deutschen Nationalbibliografie; detaillierte bibliografische Daten sind im Internet über http://dnb.dnb.de abrufbar.

1. Auflage
ISBN 978-3-89594-935-7

Herausgeber: Dr. Friedrich Naglschmid
Text: Dr. Daniela Rodler
Illustrationen und künstlerische Gesamtgestaltung: Stephanie Naglschmid
Layout und Satz: Stephanie Naglschmid / ILVA (www.ilva-design.de)
Printed in Germany 2017

Verlag Stephanie Naglschmid
Senefelderstr. 10
70178 Stuttgart
www.naglschmid.de

Inhalt

Vorwort

In meiner Kindheit und Jugend habe ich viele Sportarten ausprobiert. Darunter waren Ringen, Baseball, Turnen, Fussball und vieles mehr. Ich war sehr schnell zu begeistern, doch ebenso schnell ließ die Begeisterung dafür auch wieder nach. Trotz meiner Sportlichkeit, vermochte mich nichts auf Dauer zu überzeugen.

Als ich das erste Mal im DLRG Schwimmverein war, da hat sich das alles geändert. Ich war gerne im Schwimmbad, ich mochte das Wasser auf meiner Haut, die Ruhe, die Erfrischung, die Schwerelosigkeit und vor allem mochte ich das Tauchen. Sobald ich mit dem Kopf unter Wasser war, waren meine Schulsorgen, meine Probleme mit Freunden und mit meinen Eltern weg. Ich war ganz bei mir. Spielerisch entdeckte ich die Welt, tauchte durch Reifen und nach Ringen, drehte Salti und genoss die kurze Zeit, die mir der eine Atemzug ermöglichte.

In all den Jahren bin ich dem Wasser treu geblieben, mit Freunden im Sommer ins Freibad geradelt und habe weiterhin in der DLRG trainiert, bis ich irgendwann erwachsen war und meinen Beruf in der Versicherung aufgeben habe um Tauchlehrer zu werden. Vom normalen Tauchlehrer wurde ich zum Apnoetaucher, also einem Taucher, der mit nur einem Atemzug taucht. Je mehr ich trainiert hatte, je passender das Equipment war und mit jeder Seite, die ich darüber gelesen habe, desto besser wurde ich und umso intensiver wurden die Erlebnisse. Da waren Haie, Wale, Delfine, Mantas und sogar mit Orcas konnte ich in nächster Nähe tauchen. Erlebnisse, die man so intensiv nur beim Apnoetauchen erleben kann.

Obwohl ich schon viele Meere, Flüsse und Seen auf dieser Welt betaucht habe, so habe ich meine erste Mermaid in Freiburg im Westbad gesehen. Es ist toll zu sehen, wieviele Mädchen und Jungs den Weg in das Wasser finden und soviel Spaß haben wie ich damals. Damit diese Begeisterung ebenso dauerhaft ist, wie sie bei mir war, braucht man gute Lehrer, das richtige Equipment und das Wissen über das Tauchen.

Mit diesem Buch von Daniela Rodler und Stephanie Naglschmid habt ihr die perfekte Unterstützung um Spaß als Mermaid im Wasser zu haben. Die Welt ist ein Spielplatz für eine junge Meerjungfrau und sie muss entdeckt und geschützt werden. Das gilt natürlich auch für junge Meermänner.

Am besten, du fängst heute damit an. Viel Spaß im Wasser!

Nikolay (Nik) Linder
-Mehrfacher Weltrekordhalter im Apnoetauchen-
www.nikolaylinder.de

Kapitel 1
Ausrüstung einer Mermaid

- Fischschwanz
- Oberteil
- Bikinihose
- Matte
- Schwimmbrille
- Nasenklemme
- Schwimmnudel
- Make Up und Accessoires

Damit du dich in eine schöne Nixe verwandeln kannst, ist es wichtig, dass du dir eine gut passende und sichere Ausrüstung zusammenstellst. Eine echte Nixe braucht natürlich einen Fischschwanz, aber auch ein paar andere Dinge helfen dir bei deiner Verwandlung in ein bezauberndes Wasserwesen.

Fischschwanz

Ein Fischschwanz ist das Schönste und Bemerkenswerteste an einer Meerjungfrau. Wie du auf vielen Bildern, im Fernsehen und auf Fotos sehen kannst, besitzen die Meermenschen unterschiedlich gestaltete Fischschwänze oder Flossen. Meist reichen sie bis zum Bauchnabel, sind geschuppt und enden in einer breiten Schwanzflosse (Fluke). Manche Nixen haben auch noch einen Rückenkamm und kleinere Seitenflossen. Da es sich bei Nixen um Fabelwesen handelt, sind der Fantasie in der Gestaltung eines Fischschwanzes keine Grenzen gesetzt.

Fischschwanz aus Stoff

Monoflosse

Es gibt ganz verschiedene Arten von Fischschwänzen.
Für Kinder und Jugendliche sind Schwänze aus Spandexmaterial (Badeanzugstoff aus Polyester und Elasthan) zu empfehlen, mit einer Monoflosse aus geeigneten Kunststoffen (z.B. Polypropylen oder Polycarbonat). Eine Monoflosse ist eine einzelne große Flosse, die sich im Inneren des Fischschwanzes befindet und in die du deine Füße stecken kannst. Durch sie bekommt der Nixenschwanz seine typische Fischform. Über die Monoflosse wird dann der Stoff, die Fischhaut, gezogen, der deine beiden Beine umschließt. Spandex-Fischschwänze

sind leicht im Gewicht, haben meist ein schönes aufgedrucktes Schuppenmuster und können gut in einer großen Tasche transportiert werden. Du kannst dich aus einem solchen Fischschwanz auch unter Wasser selbstständig befreien. Er ist im Internet bestellbar und ist auch nicht so teuer. Bezugsadressen findest du im Anhang. Oft werden Fischschwänze und Flossen auch bei Meerjungfrauen-Veranstaltungen im Schwimmbad zum Verkauf angeboten. Es gibt sie in vielen Formen und Farben.

Eine weitere tolle Möglichkeit und mit etwas höherem Sicherheitsaspekt sind zweiteilige Fischschwänze, mit denen du sogar laufen kannst. Der obere Teil besteht aus einer Leggins aus Polyester/Spandex, auf der ebenfalls schöne Schuppen aufgedruckt sein können. Der untere Teil ist eine farblich dazu passende Meerjungfrauen-Monoflosse aus Vollgummi, die du unabhängig von der Leggins an- und ausziehen kannst. So hast du die Möglichkeit, dich am Beckenrand oder am Strand frei zu bewegen, siehst aber trotzdem wie eine echte Nixe aus. Diese Variante ist ebenfalls im Internet erhältlich, dazu gibt es passende Bikinis.

Weiterhin erhält man Fischschwänze aus Neopren, Pailletten-Schuppen, Latex und Silikon. Letztere sind jedoch nur für Profis gedacht. Sie sind groß und schwer und enthalten meist eine steife Freitauch-Monoflosse aus Glas- oder Kohlefaser. Sollten sie versehentlich beschädigt werden, ist ihre Reparatur kompliziert. Im Notfall können sie unter Wasser nicht ausgezogen werden und das kann sehr gefährlich sein. Hier ist es wichtig, dass für den Bau dieser Schwänze spezielle hochwertige Latex- oder Silikonarten verwendet werden, die ungiftig, dehnbar und möglichst UV- und salzwasserresistent sind (wie zum Beispiel Silikon). Einfaches, billiges Dichtungsmaterial darf nicht verwendet werden.

Wenn du dir einen individuellen Fischschwanz wünschst, kannst du versuchen, dir selbst einen zu nähen. Das macht allerdings ein bisschen Mühe, lohnt sich aber. Dazu kaufst du entweder einen elastischen Stoff, beschichtetes Neopren

(2 elastische Stoffschichten, die durch Kunststoff-Fasern verbunden sind), oder echtes Neopren (aufgeschäumtes Gummi mit auflaminierten, elastischen Stoffschichten). Das Neopren sollte aber nicht dicker als 1,5-2 mm sein, da es sonst durch die Luftblasen im Material unter Wasser zu sehr auftreibt und das Abtauchen etwas mühsam wird.

Der Teil mit der Schwanzfluke muss so breit sein, dass eine Monoflosse darin Platz hat. Den unteren Rand belässt du am besten entweder offen oder du verschließt ihn mit einem Reißverschluss. Damit ist sicher gestellt, das du die Monoflosse zur Reinigung – was von Zeit zu Zeit sein muss – herausnehmen kannst. Bei Latex- oder Silikonfischschwänzen kann die Monoflosse meist nicht entfernt werden, da sie mit der Fluke fest verklebt ist. Beschichtetes Neopren oder Neoprin kannst du nach deinen Wünschen und Ideen mit Acryl- oder Airbrushfarben bunt bemalen.

Zusätzlich kannst du Glitter, Strass-Steine, Muschelimitate oder Perlen mit einem wasserfesten Alleskleber auf den äußeren Bereich deines Fischschwanzes aufkleben oder Pailletten aufnähen. Und damit hast du dann einen weltweit einzigartigen Fischschwanz!

Oberteil

Meist kannst du beim Kauf eines Fischschwanzes gleich einen dazu passenden Bikini erwerben. Tipp: Wenn du ein besonders schönes Oberteil haben möchtest, z.B. für ein Fotoshooting, ist ein Bikinioberteil (oder BH) ohne Eigenmuster am besten geeignet. Auf das Oberteil kannst du zwei große Muscheln (z.B. „Löwenpranken" oder Kunstmuscheln) in die du dir ein paar Löcher bohren lässt, aufnähen, oder mit wasserfestem Kleber aufkleben.

Es ist Ehrensache, dass man Muschel- und Schneckenschalen selber am Strand gesammelt hat. Ersatzweise kannst du glitzernde und farbige Kunstprodukte in Einrichtungsgeschäften oder Bastelläden kaufen. Eine weitere schöne Verzierung sind Kunstpflanzen, die du für wenig Geld in Aquarienhandlungen oder Baumärkten bekommst. Noch schöner wird das Oberteil, wenn du zusätzlich Perlen, Glitzersteine oder ein Stück Deko-Fischernetz verwendest. Je kreativer du bist, desto schöner wird es! Dein Oberteil mit so toller Dekoration darf natürlich nicht in die Waschmaschine. Es muss vorsichtig mit der Hand in kaltem Wasser gewaschen werden.

Bikinihose

Sofern bei deinem Flossenkauf (Spandex-Fischschwanz) kein Bikini im gleichen Muster erhältlich ist, solltest du ein Bikinihöschen in der gleichen Farbe deines Fischschwanzes verwenden. Gerne kann es auch heller sein. Oft wird der Fischhaut-Stoff nämlich ein bisschen durchsichtig, wenn er nass ist. Außerdem darf bei einer echten Nixe ja schließlich kein Höschen „unter den Schuppen" zu sehen sein, oder?

Matte

Ganz wichtig ist eine Schaumgummi-Matte oder ein weiches Handtuch, welches du als Unterlage zu deinen Nixen-Abenteuern ins Schwimmbad, zum See oder ans Meer mitnimmst. Du legst sie am besten möglichst nah ans Wasser. Du benötigst diese Unterlage, um deinen Fischschwanz anzuziehen. Je weicher die Matte, desto besser, denn so kannst du deinen Fischschwanz vor Abrieb an scharfem Bodenpflaster und vor Grasflecken schützen. Außerdem bekommst du auch nicht so leicht Sand oder Erde in die Flosse.

Schwimmbrille oder Maske

Nicht alle Nixen können unter Wasser gut sehen. Für viele ist das Chlor oder Salz im Wasser unangenehm und schmerzhaft für die Augen. Mit einer unscharfen Sicht kann man sich oft nicht wie ein echtes Meereswesen fühlen und das ist sehr schade. Hier hilft eine Schwimmbrille oder eine Maske, wie sie auch beim Tauchen verwendet wird. Beide müssen gut sitzen und dürfen keine Druckstellen auf dem Gesicht hinterlassen. Mit dem verstellbaren Gummiband kann man das gut anpassen. Eine Maske darf auf keinen Fall zu groß sein, sonst läuft sie mit Wasser voll.

Das Maskenglas muss bruchsicher sein. Auf das CE-Zeichen achten!

Um die Passform zu testen, kannst du die Maske leicht an das Gesicht drücken und wenn du kurz durch die Nase einatmest, sollte sie von alleine halten. Dann sitzt sie perfekt. Um ein Beschlagen von Maske oder Schwimmbrille zu vermeiden, ist es sinnvoll, kurz das Gesicht nass zu machen, dann in die Gläser hineinzuspucken und die Sache zu verreiben. Danach die Gläser kurz mit Wasser ausspülen. Klingt ein bisschen unappetitlich, ist aber ein Geheimtipp unter Tauchern und wirkt als kostenlose Anti-Beschlag-Lösung.

Nasenklemme

Wenn du als Nixe Saltos oder Drehungen im Wasser übst und (noch) nicht vermeiden kannst, dass du Wasser in die Nase bekommst (was unangenehm brennen kann), ist eine Nasenklemme sinnvoll. Das ist eine Klammer, mit der du die Nasenflügel verschließen kannst. Häufig ist sie aus Silikon oder Gummi, mit einer weichen Polsterung an den Innenseiten. Nasenklemmen sind in den meisten Tauch- und Sportgeschäften erhältlich.

Schwimmnudel

Das Schwimmen mit einem Fischschwanz ist oft sehr anstrengend. Wenn keine Beckenränder wie in einem Schwimmbad vorhanden sind, z. B. im See oder im Meer, kannst du zum Ausruhen eine Schwimmnudel verwenden. Das ist eine biegsame Walze aus Polyethylenschaum, an der du dich bequem festhalten kannst. Eine andere Person muss sie für dich bereithalten und darauf achten, dass sie nicht davonschwimmt! Zur Verbesserung deiner Fitness kannst du diese Schwimmnudel auch gut bei Aquagymnastik und Aquarobik einsetzen.

Unterwasser-Make Up und Accessoires

Wenn ein Unterwasser-Fotoshooting ansteht, möchtest du natürlich ganz besonders schön aussehen. Wasserfestes Make Up hat die Aufschrift „water proof“ und hält auch einige Zeit unter Wasser. Die Aufschrift „water resistant“ bedeutet, dass es nur Regen oder kurzen Kontakt mit Wasser

übersteht. Letzteres ist weniger geeignet. Generell sollte Make Up mit hohem Wachsanteil und geringem Wasseranteil verwendet werden. Auf keinem Fall cremige Produkte! Um die Haltbarkeit des Make Ups zu verbessern, kann Fixierpuder verwendet werden, welcher aufgetragen und nach ca. 10 Minuten wieder abgepinselt wird. Dies saugt die Feuchtigkeit auf. Zum Schluss sprüht man noch etwas Fixierspray auf das Gesicht.

Aber Vorsicht, du musst dabei immer die Augen schließen!

Generell gilt auch bei Make Up: Ausprobieren! Oft erzielt man sogar mit den preiswertesten Produkten die beste Wirkung.

Ausführliche Tipps und Profitricks zum Make Up gibt es in Kapitel 9.

Accessoires machen dich als Nixe perfekt. Passende Ketten, Haarschmuck, Armbänder, Gürtel oder Ohrringe die „ozeanisch" aussehen, findet man in der Sommerzeit oft in Läden für Modeschmuck oder in Kaufhäusern. Am besten ist es, wenn du sie selbst gestaltest und sie mit Muscheln, Meeresschnecken, Seesternen und Perlen verzierst.

Zusätzliches

Wenn deine Augen nach Chlor- oder Salzwasserkontakt rot sind und brennen, hilft ein Augenschutzgel aus der Apotheke. Dies kannst du auch schon vor dem Schwimmen in die Augen geben. Die Sicht wird zwar etwas trüber, aber die Augen werden nicht gereizt. Wenn du im engen Fischschwanz durch die Reibung der Knöchel oder der Knie gegeneinander blaue Flecken bekommst, ist ein Heparin-Gel (Arzt oder Apotheker fragen) zu empfehlen. Das kühlt, lindert den Schmerz und bewirkt, dass die blauen Flecken schnell wieder vergehen und du rasch wieder als Nixe schwimmen kannst!

Kapitel 2
Umgang mit dem Fischschwanz, der „Meerjungfrauen-Flosse“

- Richtige Größe
- Anziehen
- Im Wasser
- Pflege des Fischschwanzes

Wenn du einen schönen Fischschwanz, der von Insidern oft nur „Flosse“ genannt wird, gekauft oder selbst gebaut hast und wahrscheinlich sehr liebst, gibt es einige Dinge zu beachten, damit er möglichst lange unbeschädigt und schön bleibt. Dann wird er dir bei deinen Abenteuern unter Wasser wie ein echter Körperteil und treuer Gefährte sein, auf den du dich verlassen kannst.

Richtige Größe

Wenn du einen Fischschwanz erwirbst, musst du darauf zu achten, dass er sehr gut passt und beim Schwimmen nicht herunterrutscht. Die Höhe der Fischhaut an der Taille ist Geschmackssache. Generell jedoch muss sie eng sitzen an Taille, Hüfte, Po und Beinen und darf nicht schlottern. Am wichtigsten ist, dass der Fußteil der Monoflosse die richtige Größe hat. Die Füße müssen darin gut Platz haben, die Fersenbänder oder Fersenverkleidungen sollten straff sitzen. Es darf aber nicht schmerzen. Im Zweifelsfall ist es ratsam, die Monoflosse eine Nummer größer zu wählen als deine eigentliche Schuhgröße beim Kauf wäre. Ein weißes Schreibblatt auf den Boden zu legen und deinen Fußumriss mit Bleistift auf das Papier zu zeichnen, hilft dir bei der Größenbestimmung. Beim Probieren der Flosse dürfen deine Füße jedoch keinesfalls von selbst herausschlüpfen, sonst verlierst du die Kontrolle über deine Flosse. Sollte das trotzdem nicht zu verhindern sein, verwende einfach ein Paar Neoprensocken oder Booties. Diese werden auch von Tauchern für Geräteflossen verwendet. Aber auch normale Wollsocken helfen, die Füße in der Monoflosse zu halten.

Bleistift möglichst senkrecht zum Papier halten

Anziehen

Hast du eine Schaumgummi-Matte oder etwas Ähnliches? Sehr gut, darauf kannst du deinen Fischschwanz anziehen. Nicht vergessen: Die Monoflosse ist meist in einen Schonbezug eingebettet. Manchmal ist der Schonbezug mit einem Klettverschluss ausgestattet. Die Fischhaut wird an ihrer Flukenöffnung darüber gestülpt und gegebenenfalls verschlossen. Beachte auch die Farben mancher Fischhäute. Die hellere Seite ist immer die Bauchseite, die dunklere Seite der Rückenkamm, so wie bei echten Fischen!

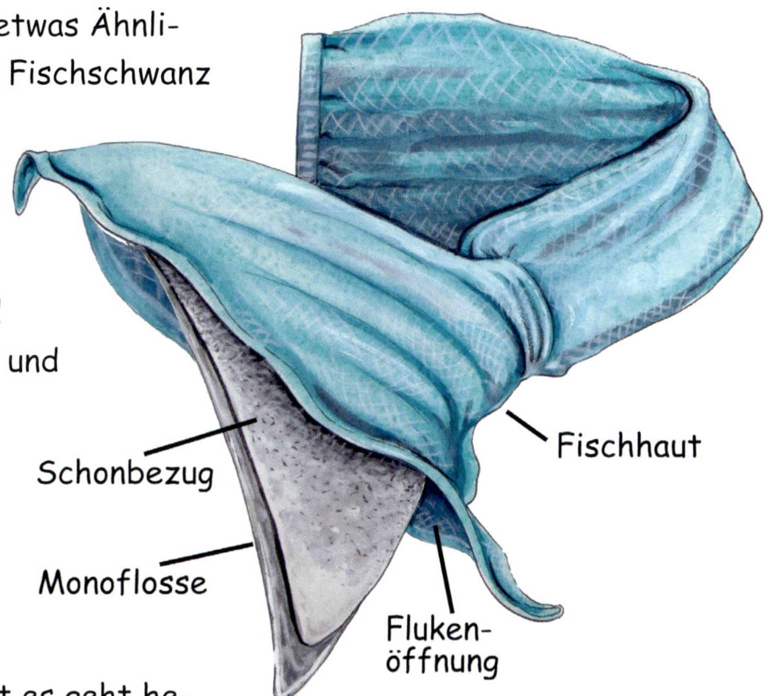

Beim Anziehen gilt: Die Fischhaut so weit es geht herunterrollen oder umfalten, bis man die Füße in die Monoflosse stecken kann, danach erst hochziehen. Beim Ausziehen geht es in umgekehrter Reihenfolge. Der Fußteil einer Monoflosse ist aus Gummi. Vermeide beim Hineinschlüpfen allzu sehr an den Fersenverkleidungen zu ziehen. Wenn sie reißen, und die Monoflosse keine auswechselbaren Fersenbänder hat, ist sie nicht mehr zu gebrauchen! Wenn die inneren Fußknöchel zu sehr aneinander reiben und schmerzen, helfen dicke Neoprensocken. Beim Hineinschlüpfen der Füße gilt: Immer einen Fuß nach dem anderen, nie gleichzeitig hineinschlüpfen.

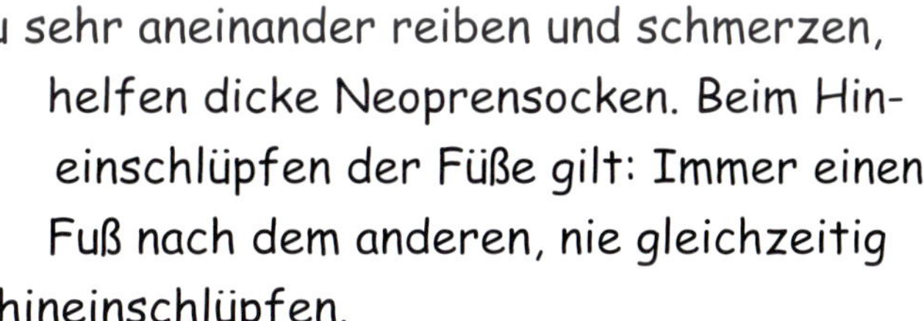

Wenn es nur sehr schwer geht, hilft ein wenig Kokosnussöl, mit dem du die Füße zuvor einreibst.

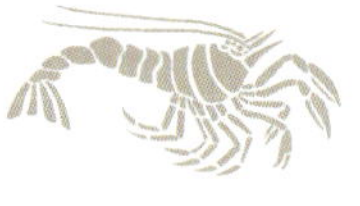

Das anschließende Hochziehen der Fischhaut, das bei Profi-Fischschwänzen sehr große Anstrengung erfordert, ist bei Stoff-Flossen natürlich leichter, aber im Prinzip gilt bei allen Materialien: Langsam und vorsichtig, immer erst alle unteren Falten herausziehen, erst danach darf weitergemacht werden. Du solltest keine spitzen Fingernägel haben und auch keine Gewalt anwenden! Spandex- und Neopren-Fischschwänze können trocken und meist ohne Hilfsmittel angezogen werden, bei Latex und Silikon hilft Kokosnussöl (das auch fürs Kochen verwendet wird), so dass die Fischhaut nicht „festklebt" und sich leichter ziehen lässt. Du bist drinnen? Super!

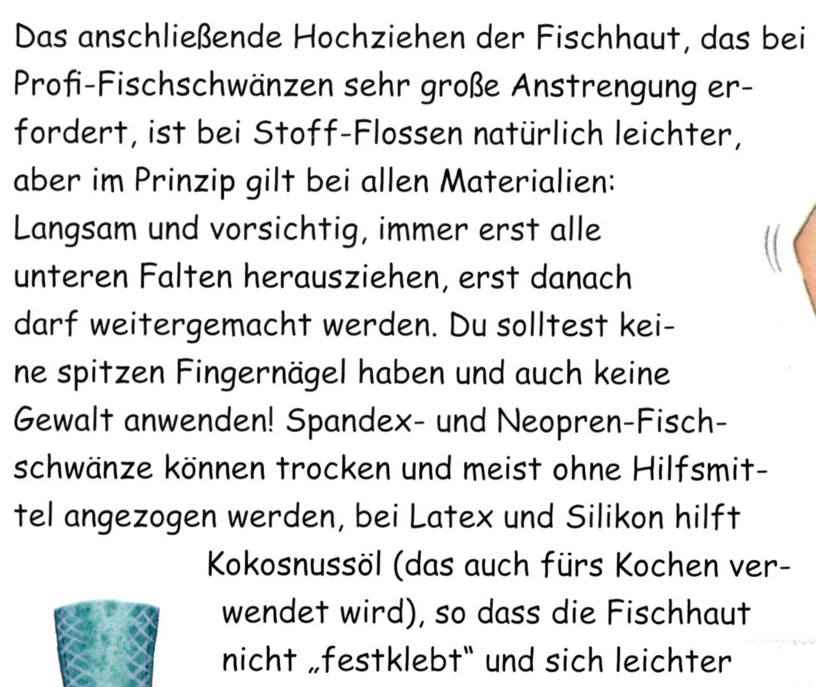

Jetzt kannst du dich vorsichtig im Sitzen zum Wasser hangeln, mit flacher Fluke, ohne dich allzusehr auf die Fersen zu stützen. Oder du lässt dich einfach von einer starken Person ins Wasser tragen. Wenn möglich, solltest du nie auf der Fluke stehen oder hüpfen. Das scheuert die Fischhaut im Fersenbereich durch. Und dann geht sie sehr schnell kaputt.

Im Wasser

Was macht eine Nixe im Wasser? Richtig, sie bewegt sich schwimmend, da kann der Flosse nicht viel passieren. Achte darauf, dass du auch im Wasser nicht auf deiner Fluke stehst, und du deine Fischhaut nicht über Kacheln, Steine, Erde, Sand, Straßenpflaster oder Holz ziehst. Sonst scheuert sie sehr schnell auf („pilling") und bekommt im schlimmsten Fall Löcher oder Risse. Der empfindlichste Bereich ist der Fersenteil, also hier: Besondere Vorsicht!

Nofallausstieg aus dem Fischschwanz: Hier gilt es, so schnell wie möglich zu sein! Ziehe deine Beine an, greife die Fischhaut mit beiden Händen an der Taille und ziehe sie soweit wie möglich, am besten bis zu den Knöcheln herunter. Da du dich dafür vorne überbeugen musst, ist mindestens dein Gesicht unter Wasser. Also: Wenn es noch möglich ist, vorher tief Luft holen und Fischhaut herunterziehen. Danach greifst du in die Fersenbänder

und befreist mit beiden Händen einen Fuß nach dem anderen aus der Monoflosse. Nicht beide gleichzeitig! Fischschwanz fallen lassen und nach oben tauchen! Sollte der Fall eintreten, dass du mit den Füßen aus deiner Monoflosse herausrutschst, dann ist es wichtig, die Flosse ruhig zu halten und mit kräftigem Arm-Brustschwimmschlag die Oberfläche zu erreichen!

Pflege des Fischschwanzes

Damit dein Fischschwanz möglichst lange schön bleibt, wasche die Fischhaut nicht in der Waschmaschine - wenn es nicht unbedingt nötig ist - sondern von Hand mit etwas milder Seife in lauwarmem Wasser. So bleibt die Farbe länger leuchtend, denn Chlorwasser und Maschinenwäsche bleichen immer ein bisschen aus. Die Monoflosse wird, soweit wie möglich, vom Schonbezug entfernt und mit Süßwasser ausgespült. Danach kannst du sie trocknen. Du darfst sie aber nie direkt ins Sonnenlicht legen, denn das macht die Gummianteile rissig und porös. Wichtig ist, dass alle Bereiche des Fischschwanzes frei von Schimmel gehalten werden. Dies gilt besonders für Gummikonstruktionen, aber auch für Latex- und Silikonflossen. Diese werden am besten mit milden Duschgels oder Backpulverlösung gewaschen, mit verdünntem Isopropanol (aus der Apotheke), das auch gegen Schimmel hilft, gereinigt und danach sorgfältig getrocknet.

Kapitel 3
Bewegung und Sport für Meermädchen und -jungs

- Aufwärmen
- Stretching
- Allgemeine Fitness
- Sport

Bevor du als Nixe ins Wasser abtauchst, ist es wichtig, dass du deine Muskeln aufwärmst und deine Sehnen dehnst („Stretching"). Das solltest du immer machen, auch wenn dir durch die Sonne oder die Heizung im Schwimmbad schon warm ist. Sonst kann es in den Muskelfasern zu kleinen Rissen kommen, die zu einem schmerzhaften Muskelkater, oder im schlimmsten Fall zu Verletzungen der Muskeln führen können. Durch Aufwärmen vor dem Schwimmen kannst du auch Krämpfe vermeiden. Daneben ist es natürlich immer hilfreich, wenn du als Meerwesen auch an Land viel Sport machst. Dann bleibst du ausdauernd und kräftig, auch im Wasser!

Aufwärmen

Am besten nimmst du eine Yoga-Matte mit an den Beckenrand. Die meisten Meerjungfrauen-Schwimmschulen, Schwimmvereine, Tauchschulen, Bademeister oder Rettungsschwimmer können dir geeignete Übungen zeigen, mit denen du dich vor dem Training aufwärmen und lockern kannst.

Das Aufwärmen findet an Land statt, für Meermädchen und -jungs ist das der Beckenrand oder der Strand und sollte schon ca. 10 Minuten dauern. Du solltest mit leichtem Hüpfen oder Laufen auf der Stelle beginnen. Wenn alle deine Muskeln schon gut durchblutet und schön warm sind, dann kannst du ein paar Mal aus dem Zehenstand in die Hocke wechseln. Das kräftigt gezielt die Beinmuskulatur. Ein paar Sit-Ups oder „Fahrradfahren in der Luft" trainieren deine Bauch- und Rückenmuskeln. Den Oberkörper kannst du anschließend im Stehen zu beiden Seiten beugen, und auch nach vorne, bis du mit den Fingern deine Fußspitzen berühren kannst. Abschließend werden die Arme und Schultern locker gekreist.

Stretching

Jetzt kannst du mit dem Dehnen beginnen. Das dient dazu, Muskeln und Sehnen geschmeidig zu machen. Besonders wichtig ist, dass deine Unterschenkelmuskeln gut gedehnt werden, denn diese werden durch deinen Fischschwanz beim Schwimmen besonders beansprucht. Du setzt dich am besten breitbeinig mit gestreckten Beinen und angewinkelten Füssen auf den Boden und biegst vorsichtig deine Zehen mit der Hand zu dir hin (nicht ruckartig!). Du solltest ein leichtes Ziehen in deinen Waden spüren. Wehtun sollte es aber auf keinem Fall! Anschließend mache mit den Fußgelenken kreisende Bewegungen. Dadurch werden sie beweglich und kommen dir wie frisch „eingeölt" vor. Jetzt noch eine nützliche Stretching-Übung für die Arme: Strecke jeweils einen Arm und biege dann die Finger der anderen Hand vorsichtig zu dir hin. Danach verschränke deine Hände locker hinter dem Rücken und bitte eine andere Person, dir die gestreckten Arme vorsichtig nach oben zu drücken. Auch hier gilt: Es darf nie wehtun! Um Zehenkrämpfe zu vermeiden und zu behandeln, kannst du die Füße ein paarmal auf und ab bewegen und die Zehen durchkneten. Jetzt bist du gut aufgewärmt und locker, das Wasser erwartet dich!

Allgemeine Fitness

Es ist super, wenn du fit bist und dich viel bewegst. Wenn du viel Sport machst, kannst du auch mehr Zeit im Wasser verbringen und gerätst beim Tauchen nicht so leicht außer Puste. Im Prinzip eignen sich alle Ausdauersportarten (Laufen, Radfahren, Rollerbladen, Sportyoga und... ja, natürlich Schwimmen), um deine Fitness zu verbessern! Ob du in einem Verein trainierst, mit einer Gruppe oder als Hobby, ist nicht wichtig, solange du es regelmäßig und richtig machst.

Du siehst also, echte Meerwesen sollten richtig sportlich sein. Wichtig ist aber, dass das alles Spaß macht, sonst verliert man schnell die Lust, sich regelmäßig zu bewegen. Noch ein Tipp: Mit deinen Freunden zusammen macht das Trainieren immer mehr Spaß als alleine und als Belohnung wirst du als Nixe oder Meermann regelrecht durch das Wasser fliegen!

Sport

Einige Sportarten sind besonders gut geeignet, um deine Meerjungfrauen-Eleganz zu fördern. Weiche, fließende Bewegungen, ein spielerisches Körperbewusstsein und eine starke Ausdruckskraft helfen dir, später für wunderschöne Nixenfotos zu posieren. Sehr hilfreich dazu sind Übungen im klassischen Ballett oder anderen Tanzarten, Turnen, Eiskunstlauf, Rhythmischer Sportgymnastik, Synchronschwimmen oder Akrobatik. Für die Fitness sind zudem Ballsportarten geeignet. Die o.g. Sportarten helfen dir, deinen Körper exakt und kontrolliert zu führen, alle deine Bewegungen mit Eleganz und Gefühl auszuüben und deine Biegsamkeit zu verbessern. Du wirst bald sehen, dass aus einem Mädchen eine echte Nixe wird, die sich wundervoll in ihrem Medium, dem Wasser, bewegt und aus einem Meerjungen wird schnell ein kräftiger und ausdauernder Meermann. Fotos von dir werden dann zu kleinen Kunstwerken, bei denen dir keiner so schnell das Wasser reichen kann!

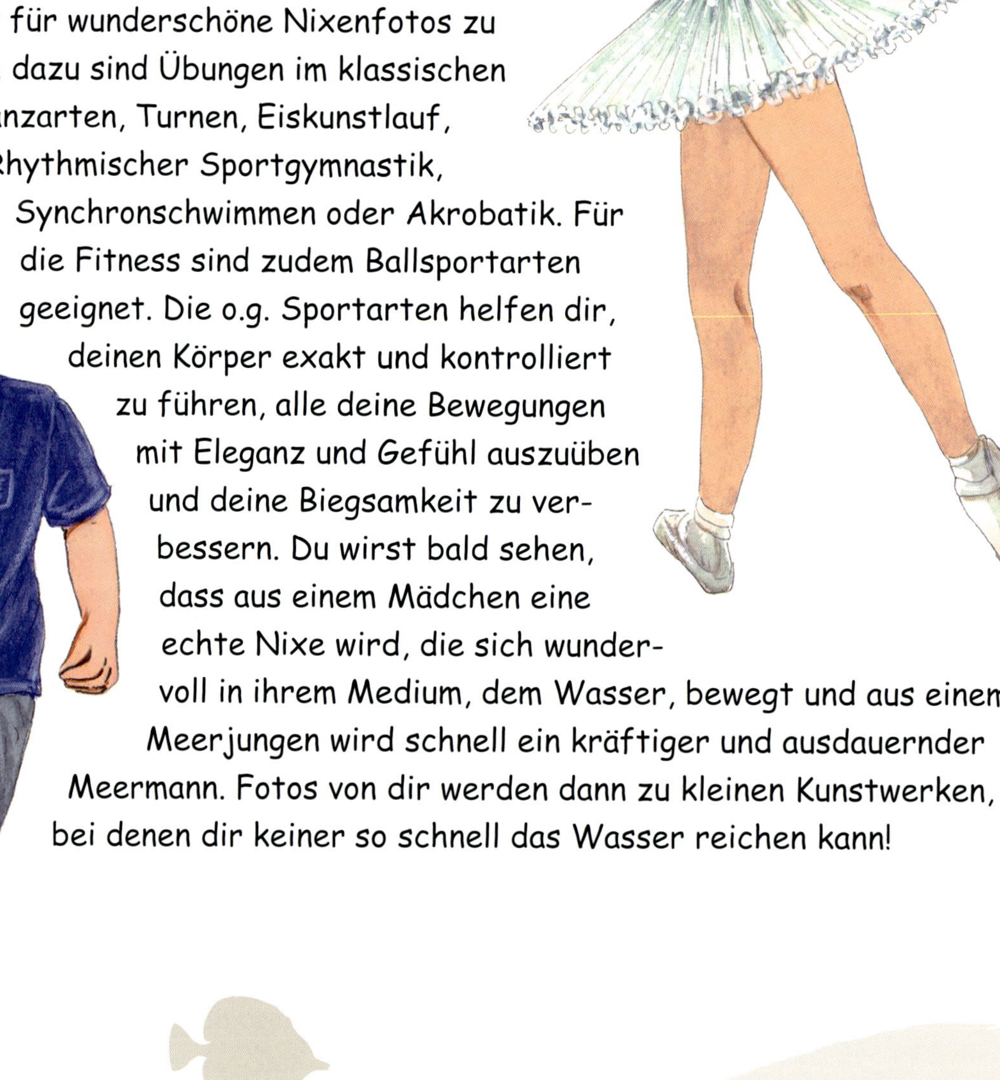

Kapitel 4
Wie schwimmt man mit einem Fischschwanz?

- Rein ins Wasser!
- Schwimmtechnik
- Druckausgleich
- Im und unter Wasser
- Kunststücke

Bevor du nun lernst, als beeindruckendes Meereswesen elegant und sicher durch das Wasser zu gleiten, ist es wichtig, dass du nicht nur das Seepferdchen-Abzeichen oder vergleichbare Fähigkeiten besitzt, sondern du solltest schon eine gute Schwimmerin sein. So ein Fischschwanz ist nämlich keine Schwimmhilfe! Deswegen ist es ganz wichtig, dass du dich auch unter Wasser sicher und pudelwohl fühlst, um ihn richtig benutzen zu können.

Und ganz wichtig: Es muss IMMER eine Person, die schwimmen kann, auf dich aufpassen, während du im Wasser bist!

Rein ins Wasser!

Du bist gut aufgewärmt und hast deinen Fischschwanz und dein Oberteil angezogen? Sehr gut. Jetzt bist du bereit für deine Wasserabenteuer! Dein Weg ins Wasser kann ganz unterschiedlich sein, denn er hängt davon ab, wo du schwimmen möchtest. Am Pool kannst du dich vorsichtig vom Beckenrand ins Schwimmbecken gleiten lassen. Du darfst niemals einfach hineinspringen, denn dabei könntest du dich oder andere verletzen oder deinen schönen Fischschwanz beschädigen. Am See oder am Meer kannst du von einem Bootssteg aus ins Wasser gelangen oder du hangelst dich ganz vorsichtig vom Strand ins Wasser. Die bequemste Art ist es allerdings, sich ins Wasser tragen zu lassen...

Am Meer musst du auch auf die Brandung achten. Oft kommt nämlich genau dann eine Welle angerollt, wenn du noch nicht richtig im Wasser bist. Da kann es leicht passieren, dass du gegen Steine oder Felsen gespült wirst. Darum solltest du beim Einstieg

möglichst schnell sein. Wenn das Wasser tief genug ist, also etwa einen Meter, kannst du mit den ersten Flossenschlägen beginnen.

Schwimmtechnik

Schwimmstil: Das Schwimmen als Nixe, das oft auch „mermaiding" genannt wird, ist eine ganz besondere Art, sich im Wasser zu bewegen. Im Gegensatz zu den klassischen Schwimmdisziplinen ist es hauptsächlich dafür gedacht, sich unter Wasser fortzubewegen, nicht an der Oberfläche. Der Beinschlag ähnelt ein wenig dem Schmetterling-Schwimmen, auch „Delfin" genannt, wie du es vielleicht bei Schwimmwettkämpfen, z.B. bei den Olympischen Spielen, schon gesehen hast. Beide Beine werden gemeinsam auf und ab geschlagen, im Gegensatz zum Wechselbeinschlag im Freistilschwimmen, auch „Kraulen" genannt, den auch Geräte- und teilweise Freitaucher anwenden. Auch muss ein Schwimmer, der Schmetterling schwimmt, einen enormen Kraftaufwand mit dem Beinschlag verrichten. Zusätzlich zur Vorwärtsbewegung muss er spätestens nach jedem zweiten Armzug mit dem Gesicht an die Oberfläche gelangen um zu Luft holen.

Das sieht kräftig und zackig aus. Gut für Sportler, aber als Nixe möchtest du dich natürlich weicher und eleganter bewegen. Das wird dir auch gelingen, denn du hast folgende Vorteile: Meereswesen bewegen sich haupt-

sächlich unter Wasser, das heißt, du kannst dich schneller und fließender fortbewegen als ein Schwimmer an der Wasseroberfläche, da du die gesamte Wasserverdrängung nutzen kannst. Zum anderen hast du ja eine Schwanzfluke mit eingebauter Monoflosse. Sie ist nicht nur schön und beeindruckend, sondern auch biegsam und passt sich den Bewegungen deines Körpers an, was dir enormen Vorwärtsschub gibt. Wichtiger Tipp: Biegsame Monoflossen sind besser geeignet für Eleganz und Kunststücke unter Wasser, harte Monoflossen sind eher für trainingserfahrene Nixen und hauptsächlich für Schnelligkeit beim Schwimmen und Tauchen gedacht.

Beine und Füße: Wenn du zum ersten Mal einen Fischschwanz ausprobierst, ist es immer gut, wenn du dich erst einmal mit ihm ein bisschen anfreundest. Du kannst z.B. am Beckenrand sitzen und die Flosse leicht bewegen, schlagen, anziehen oder drehen. Im Wasser wirst du dann bald herausfinden, welche Bewegungen dir helfen, dich damit fortzubewegen. Und: Je mehr du übst, desto leichter und natürlicher wird für dich das Schwimmen mit dem Fischschwanz werden! Der Beinschlag einer Nixe sollte

ruhig und gleichmäßig sein. Für den Vorwärtsschub sind hauptsächlich Oberschenkel-, Bauch-, Becken und Rückenmuskeln verantwortlich, für die Steuerung der Fluke, wie die Schwanzflosse ja auch genannt

wird, die Unterschenkelmuskeln und die Füße. Die Bewegung kommt vorwiegend aus der Hüfte, kombiniert mit einem sanften Parallelschlag deiner Beine und Füße. Die Knie und Fußgelenke werden dabei so wenig wie möglich gebeugt und die Füße bleiben stets ganz gestreckt, wie bei einer Ballerina. Dein Körper soll in einer einzigen fließenden Bewegung sein, vom Kopf bis zur Fluke. Stell dir vor, du wärst eine Welle. Dein Kopf oder deine Arme geben die Richtung vor und dein restlicher Körper folgt ihr. Dabei schlägst du leicht die Fluke auf und ab. Vergiss nicht: Elegant, ruhig und fließend!

Häufige Fehler:

1. Der Frosch: Knie und Fußgelenke werden zu sehr angezogen.
2. Die Raupe: Die Fluke wird nicht sanft geschlagen sondern eher dazu benutzt, das Wasser nach hinten wegzutreten. Dabei werden Hüfte und Po nach oben gedrückt.
3. Der Tintenfisch: Mit angezogenen Knien und Fußgelenken wird die Fluke in mehrere Richtungen geschlagen und zusätzlich werden die Arme wie beim Brustschwimmen benutzt, um sich fortzubewegen.

Arme: Die Arme legst du entweder locker an deinen Körper oder du streckst sie mit verschränkten Händen nach vorne, wobei die Handflächen aneinander gelegt werden. Das ist dann wie der Bug eines Schiffes, der die Richtung vorgibt, aber selbst keinen Vorschub erzeugt. Mit der Armhaltung nach vorne ist es besonders für Anfänger leichter, die „Wellenbewegung" im Körper zu spüren und auszuführen. Du kannst dir das z.B. bei den Mermaids aus der Fernsehserie „H_2O – Einfach Meerjungfrau" abgucken. Ein weiterer Vorteil dieser Armhaltung ist, dass du nicht so leicht mit dem Kopf gegen Wände oder Felsen stoßen kannst. Unabhängig davon, wie du deine Arme hältst, beim Auftauchen aus der Tiefe solltest du immer einen Arm

gestreckt über dem Kopf halten. Damit verhinderst du, dass du dich bei einem Zusammenstoß mit etwas, was sich über dir befindet, verletzt.

Muskelkrampf: Muskelkrämpfe in den Beinen, besonders in den Unterschenkeln, können bei Nixen leider vorkommen. Das kann beim Training oder Fotoshooting passieren, oder auch beim An- und Ausziehen der Flosse. Ein Krampf ist zwar sehr schmerzhaft, aber du brauchst nicht in Panik geraten, denn er vergeht meist wieder nach ein paar Sekunden. Bei einem Wadenkrampf z.B. versuche, deine Fluke mit den Händen zu greifen und damit deine Füße vorsichtig zu dir hinzuziehen um deinen verkrampften Muskel zu dehnen. Falls du es selbst nicht schaffst, bitte jemanden, dies für dich zu tun. Manche schaffen es auch, sich auf das Entspannen des verkrampften Muskels so zu konzentrieren, dass sie so den Krampf wegmeditieren können.

Druckausgleich

Am Anfang ist es immer schwierig, ins Wasser zu tauchen. Vor allem auch deshalb, weil du nicht nur die Abtauchbewegung, sondern auch für das Tauchen in die Tiefe den Druckausgleich beherrschen musst. Weil der Druckausgleich so wichtig ist, soll er gleich an dieser Stelle besprochen werden. Denn beim Abtauchen wirst du schnell merken, dass du einen unangenehmen Druck in deinen Ohren spürst. Das ist normal, denn je tiefer du tauchst, desto mehr Wassermassen sind über dir, deren Gewicht auf dich drückt. Das ist der Wasserdruck. Du spürst ihn in deinen Ohren, weil dein Trommelfell, ein feines Häutchen, das zwischen deinem äußeren Gehörgang und deinem Mittelohr aufgespannt ist, durch den Wasserdruck nach innen gewölbt und dadurch zusätzlich stark gespannt wird. Praktischer-

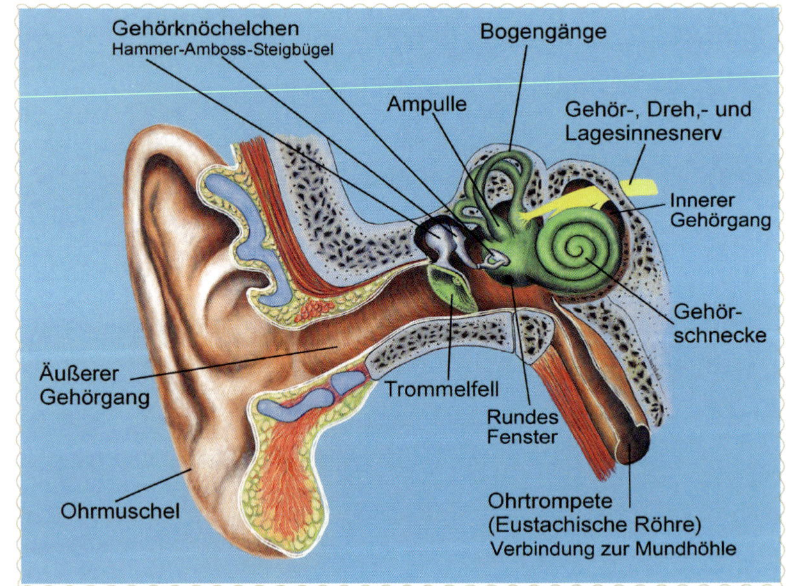

weise ist unser Mittelohr sowohl mit der Mund- als auch der Nasenhöhle verbunden (siehe Zeichnung linke Seite, die „Ohrtrompete"). Wir müssen also nur genug Luft von innen dagegen pressen, damit das Trommelfell wieder zurück in gerade Position gedrückt und entsprechend entspannt wird. Dabei verschließt du deine Nasenlöcher durch deine Fingerkuppen oder durch Zusammendrücken deiner Nasenflügel. Nun drückst du die Luft von innen sanft dagegen. Wenn du es richtig machst, spürst du ein leichtes Knacken in den Ohren. Das ist der Druckausgleich. Ihn zu beherrschen kannst du auch sofort schon beim Lesen im Trockenen probieren. Du solltest ihn aber auf alle Fälle unter Wasser trainieren, geduldig und ruhig, nicht gewaltsam! Wenn du tiefer tauchen möchtest, musst du natürlich auch schon beim Abtauchen mit dem ersten Druckausgleich beginnen, und ihn dann regelmäßig wiederholen. Das braucht etwas Übung, wird dir aber mit der Zeit immer besser gelingen. Achte darauf, dass du nicht erkältet tauchst, denn bei geschwollenen Schleimhäuten funktioniert der Druckausgleich nicht und das könnte dann dein Trommelfell verletzen!

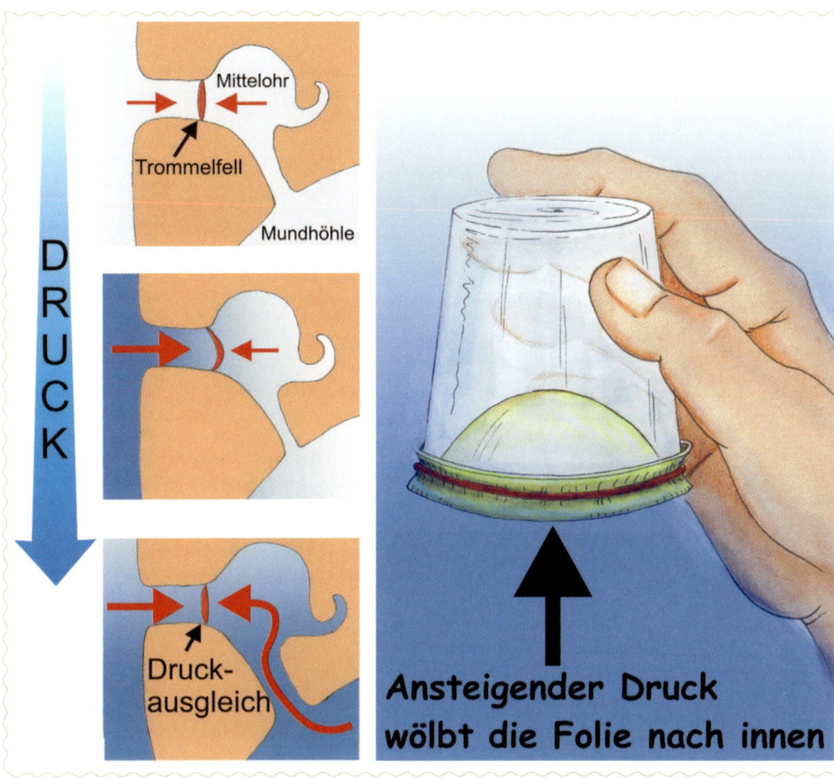

Ähnlich wie bei dem Versuch hier oben mit dem Becher unter Wasser, wird das bewegliche Trommelfell bei zunehmendem Druck nach innen gebogen. Wird der Druck zu stark, kann das Trommelfell reißen. Das muss auf jeden Fall verhindert werden.

Im und unter Wasser

Du wirst zunächst eher unter der Wasseroberfläche schwimmen. Das ist zum Üben wirklich gut. Später, wenn du aber Kunststücke unter Wasser

ausführen möchtest, ist es besser, dass du lernst, tiefer als 1 - 2 Meter zu tauchen. Versuche möglichst frühzeitig, ohne Bewegungen deiner Arme nach unten zu gelangen. Mit der gestreckten Armhaltung nach vorne, wie vorher bereits beschrieben, ist dies am einfachsten. Du liegst flach im Wasser, knickst deine Hüfte ab und guckst dir den Ort in der Tiefe an, zu dem du hin möchtest. Dann nimmst du Schwung und drückst deinen Oberkörper möglichst senkrecht in die Tiefe. Je länger und „pfeilförmiger" du deinen Körper machst, desto leichter geht es. Beine und Schwanzflosse folgen dir automatisch, ohne dass du etwas tun musst. Das Gewicht von Becken und Beinen drückt dich, wenn du es richtig gemacht hast, nach unten. Erst wenn du vollständig unter Wasser bist, kannst du mit den Flukenschlägen beginnen. Vergiss aber dabei nicht den Druckausgleich beim Abtauchen!

Nach so viel Technik wird es Zeit, wieder an den Spaß zu denken, den es macht, eine Nixe zu sein. Meeresmenschen kennen oft geheimnisvolle Schätze unter Wasser, die sie sich gerne ansehen oder die sie für

die Menschen holen. Bitte jemanden, dir zum Üben Gummiringe oder tauchfähige Meerestiere aus Gummi zu versenken, die du suchen und hochtauchen kannst. Auch das Tauchen durch einen Reifen, den jemand für dich hält, kann dir helfen, dich gezielt unter Wasser zu bewegen. Kurz gesagt: Wenn du eine Aufgabe unter Wasser hast, wirst du staunen, was du alles kannst und wie tief du schon in Neptuns Reich vorgedrungen bist!

Kunststücke

Du fühlst dich bereits sicher genug, um mit deinem Nixenschwanz zu schwimmen und bewegst dich schon wie ein Delfin im Wasser? Sehr gut! Dann möchtest du wahrscheinlich beginnen, ein paar kleine Kunststücke zu lernen. Damit kannst du dann später in Mermaid-Shows auftreten, welche die Schwimmbäder, Schwimmschulen oder Vereine oftmals anbieten. Dazu gehört elegantes Wenden unter Wasser, das Spiralen schwimmen („spinning"), verschiedene Drehungen und Figuren, das Rückenschwimmen unter Wasser, Salto vorwärts und rückwärts, ein spritziger Flossenschlag auf die Wasseroberfläche und natürlich tänzerische Armbewegungen. Oft schwimmen auch mehrere Nixen gemeinsam und bilden Figuren, wie z.B. das „Rad" unter Wasser oder den „Stern" an der Oberfläche.

Bei Kunststücken kannst du jetzt endlich auch die Arme zu Hilfe nehmen. Mit ihnen solltest du gleichmäßig und kräftig ziehen, damit du z.B. beim Salto rückwärts nicht die Orientierung verlierst, sondern am gleichen Ort wieder auftauchst. Bei allen Übungen, die mit dem Gesicht nach oben oder

über Kopf auszuführen sind, kannst du versuchen, dabei gleichmäßig auszuatmen. Damit vermeidest du das schmerzhafte Brennen beim Eindringen von Wasser in die Nase.

Zunächst musst du herausfinden, welche dieser Kunststücke dir am besten liegen. Dann kannst du an deiner Ausführung arbeiten. Trainer und Profinixen können dir dabei helfen, deine Technik zu verbessern. Wichtig ist auch das Beenden eines Kunststückes beim Auftauchen. Dabei solltest du darauf achten, nicht zu spucken, prusten, paddeln oder blinzelnd das Gesicht zu verziehen. Eine Meerjungfrau taucht aus den Fluten ebenso graziös auf wie eine Tänzerin einen Tanz beendet: Mit einer schönen Pose. Halte die Augen geschlossen während du die Wasseroberfläche durchbrichst... und öffne sie erst einen Moment später.

Hebe deine Arme und lächle. Spürst du jetzt deine Verwandlung von einem Mädchen in ein magisches Meereswesen? Deine Zuschauer tun dies bestimmt!

Kapitel 5
Grundlagen des Apnoetauchens

- Apnoetauchen
- Atemtechnik für mehr Luft
- Entspannung unter Wasser
- Erste Hilfe

Meerjungfrauen findet man in allen sieben Weltmeeren, in Seen, Flüssen und manchmal auch in großen Tauchbecken, wo sie die Menschen mit ihrer anmutigen Show unterhalten. Das Wasser ist ihr Medium und es scheint so, als könnten sie ziemlich lange unter Wasser bleiben. Wenn du jetzt das Gefühl hast, dass du schon gut und sicher schwimmst, so kannst du beim Tauchen neue und aufregende Dinge versuchen. Du möchtest wahrscheinlich lernen, unter Wasser die Luft länger anzuhalten. Das ist praktisch, denn damit kannst du mehr Zeit in der Unterwasserwelt der Meerjungfrauen verbringen. Das wird dir später, z.B. bei Fotoshootings, sehr helfen. Außerdem gibt es dir mehr Sicherheit und Mut, wenn du weißt, wie du mit deiner Luft am besten haushalten kannst.

Apnoetauchen

Das Tauchen mit nur einem Atemzug nennt man Apnoetauchen. Wenn man vom Apnoetauchen spricht, das auch Freitauchen oder Freediving genannt wird, meint man das Tauchen ohne Geräte wie Pressluftflasche und Atemregler. Apnoe kommt vom griechischen Wort „ápnoia" und bedeutet Nichtatmung. Der Name weist darauf hin, dass du unter Wasser keine Luft aus einem Tauchgerät atmest, sondern alles, was du zur Verfügung hast, ist die Luft in deinen Lungen.

Apnoetauchen ist nicht nur sehr geeignet für Mermaids, da eine Geräte-Tauchausrüstung mit Fischschwanz etwas merkwürdig aussehen würde, sondern ist ein eigenständiger Leistungssport. Auch bei anderen Sportarten, wie beim Synchronschwimmen und beim Unterwasser-Rugby, ist das Haushalten mit der Atemluft extrem wichtig. Gerätetaucher trainieren ebenfalls gerne Apnoe, damit sie im Notfall auch mal die Luft anhalten können, falls etwas an ihrer Ausrüstung nicht in Ordnung ist.

In früheren Zeiten, als es noch keine Tauchgeräte gab, war das Apnoetauchen für die Menschen auf der ganzen Welt eine

wichtige Technik, um an Meeresschwämme, Austern, Muscheln, Fische oder an die Schätze von versunkenen Schiffen zu kommen. In Japan gibt es noch immer die sogenannten Ama-Taucherinnen. Das sind Frauen, die gemäß einem alten Traditionsberuf darauf spezialisiert sind, ohne Gerät in große Tiefen hinab zu tauchen, um dort nach Perlen, Muscheln, Korallen, Meeresschnecken, Hummern oder Seegras zu suchen. Oft werden sie als die „Echten Meerjungfrauen" bezeichnet, weil sie sich über eine lange Zeit elegant, flink und tief unter Wasser bewegen können. In unserer Zeit liegt das Apnoetauchen vor allem im Sportbereich, zumal die meisten Meerestiere und Pflanzen streng geschützt sind und nicht einfach vom Meeresboden aufgesammelt werden dürfen.

Sehen wir uns mal den Sport Apnoetauchen genauer an, um herauszufinden, wie du diese Technik als zukünftige Mermaid am besten nutzen kannst. Um die Apnoetauchdisziplinen und auch die speziell dazu passenden Atemtechniken professionell und sicher erlernen zu können, ist es zu empfehlen, dass du dich an einen Apnoelehrer, an eine Tauchschule oder an einen Tauchclub wendest, die Apnoekurse in ihrem Programm anbieten. Auch beim Training musst du immer einen erfahrenen Partner bei dir haben, der genau auf dich achtet, denn das Risiko eines „Blackouts", das ist der Verlust des Bewusstseins, ist beim Tauchen ohne Gerät stets zu beachten. Zu deinem besseren Verständnis findest du hier einen kurzen Überblick über die verschiedenen Disziplinen, die es bei Apnoe im Leistungssport gibt. Man unterscheidet folgende Hauptdisziplinen:

Zeittauchen (Static): Der Taucher liegt ruhig im Wasser, mit dem Gesicht nach unten. Nun wird gemessen, wie lange er die Luft anhalten kann. Dabei gibt er seinem Partner, der nicht unter Wasser ist, regelmäßig Zeichen, dass es ihm gut geht.

Streckentauchen (Dynamic): Hier wird gemessen, wie viele Meter (oder wie im englischsprachigen Bereich in feet) der Taucher in einem Schwimmbecken mit einem Atemzug zurücklegen kann. Dabei gibt es Varianten, bei denen der Taucher mit und ohne Flossen schwimmt. Ein Partner überwacht dabei den Taucher genau.

Tieftauchen (z.B. Constant Weight): Der Taucher gleitet hinab in die Tiefe, die in Metern oder *feet* gemessen wird. Geübtere Taucher praktizieren das meist in Seen oder im Meer. Dabei orientiert sich der Taucher an einem Seil, das am Boden verankert ist. Auch hier gibt es im Leistungssportbereich unterschiedliche Varianten und Disziplinen. Tieftauchen ist die riskanteste Art des Apnoetauchens. Zusätzlich zur Berechnung des Luftvorrats für den Rückweg nach oben, muss der Taucher an korrekte Bleimengen zum Beschweren denken, die er an einem Gürtel trägt, damit er trotz seines Neoprenanzugs gut hinunterkommt, aber nicht nach unten absinkt. Der Weg in die Tiefe ist auch insofern schwieriger zu bewältigen als der Weg beim Streckentauchen, da der Wasserdruck mit zunehmender Tiefe stark auf Gewebe und Organe wirkt, besonders auf die Körperhohlräume wie Schädelhöhlen, Lungen und Magen-Darm-Trakt. Zudem muss der Taucher regelmäßig für einen korrekten Druckausgleich sorgen. Der Partner wartet zunächst an der Oberfläche und nimmt den Taucher dann auf den letzten Metern unter Wasser in Empfang und begleitet ihn an die Wasseroberfläche. Beim Tieftauchen müssen zusätzlich immer Sicherungstaucher eingesetzt werden.

Aber keine Sorge, du brauchst als junge Mermaid kein professioneller Apnoetaucher zu werden, um unter Wasser Spaß zu haben. Einiges kann man auch, sofern die nötige Sicherheit gegeben ist, auf spielerische Weise lernen. Wenn du aber Trainingsteile aus dem Apnoetauchen übst, wirst du sehr bald die „Landmenschen" damit beeindrucken, wie lange du als echtes Meerwesen unter Wasser bleiben kannst, ohne atmen zu müssen.

Atemtechnik für mehr Luft

Atemtechniken kannst du an Land üben, am besten vor Mermaid-Auftritten oder Fotoshootings. Du brauchst dazu lediglich eine Yoga-Matte. Und das passt ganz gut, denn unsere Atemtechnik stammt ebenfalls aus dem Yoga-Bereich! Um nun länger die Luft anhalten zu können, musst du dir die Atmung in drei Abschnitten vorstellen: Eine obere Atmung in Richtung Hals, eine mittlere an den Rippen und eine untere in Rich-

tung Zwerchfell. Beim Einatmen passiert Folgendes: Dein Zwerchfell, eine Art Muskelplatte, welche die Brusthöhle von der Bauchhöhle trennt, wird beim Einatmen nach unten in Richtung Bauchhöhle gezogen und die Wände deines Brustkorbes werden nach außen bewegt. Damit werden auch deine beiden Lungenflügel auseinandergezogen und ihr Volumen vergrößert. Dadurch strömt passiv Luft in deine Lungen ein. Du kannst nun durch verschiedene Muskeln steuern, durch welche Atmung du die Lungen belüften und damit mit Sauerstoff versorgen willst. Wenn du normal atmest, wirst du merken, dass du vor allem mit dem oberen Bereich atmest. Dein Brustkorb hebt und senkt sich dabei nur wenig. Um mehr Luft zur Verfügung zu haben, musst du lernen, alle Bereiche deiner Lungen verstärkt mit Luft zu versorgen. Zunächst übst du am besten die unten beschriebenen Atemzüge einzeln, jeweils ein paar Minuten lang. Wichtig ist dabei: Immer doppelt so lange ausatmen wie einatmen! Das senkt auch die Pulsfrequenz und entspannt dich.

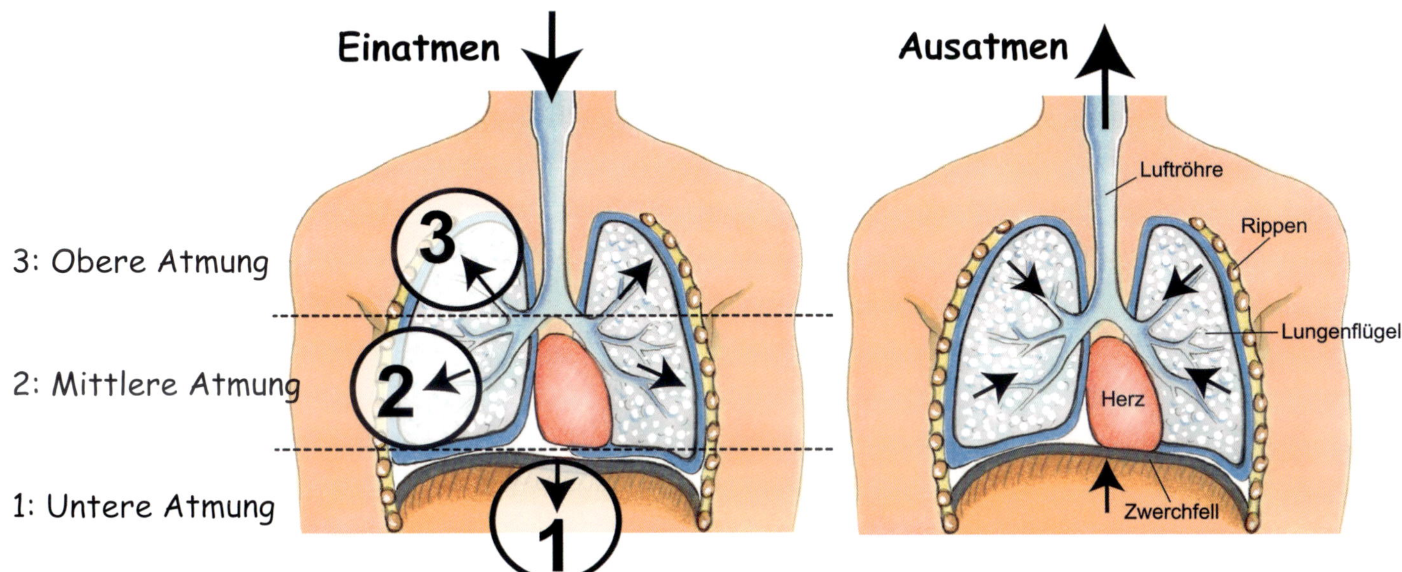

Untere Atmung (1): Du legst dich auf den Rücken und legst eine Hand flach auf deinen Bauchnabel, die andere auf deine Brust. Du beginnst nun einzuatmen, z.B. 10 Sekunden. Stell dir vor, die Luft muss durch deine Lungen hindurch, um sich dann an deinem Bauchnabel zu sammeln. Atme in deinen Bauch hinein. Deshalb darf sich auch nur dein Bauch heben, nicht der Brustkorb. Deine Hände können dabei kontrollieren, ob du es richtig machst. Dann atmest du langsam aus.

Mittlere Atmung (2): Nun werden die Hände seitlich an die Rippen gelegt. Du atmest jetzt in die seitliche Brust hinein, also in Richtung deiner Hände. Das heißt, jetzt muss sich beim Einatmen der Brustkorb weiten. Dann atmest du langsam aus.

Obere Atmung (3): Nun werden die Arme gekreuzt und die Handflächen jeweils auf deine Schultern gelegt. Du atmest ein und stellst dir vor, dass die Luft ganz oben in die Lungen hineinfließt, bis unter deinen Hals. Da sie sich hier jetzt sammeln soll, müsstest du mit deinen Armen spüren, wie sich der obere Bereich des Brustkorbs hebt. Achte aber darauf, dass du nicht unbewusst selbst mithilfst, indem du deine Schultern hochziehst. Dann atmest du langsam aus, zeitlich immer doppelt solange, wie Du eingeatmet hast.

Wenn dir alle drei Atemübungen gut gelingen, kannst du versuchen, diese zu kombinieren. Das nennt man dann Vollatmung. Mit einem Atemzug atmest du zunächst in den Bauch, bis dieser voll ist, danach in die Rippen und zum Schluss in die obere Brust. In diesen Bereichen kannst du die eingeatmete Luft gut spüren, während deine Lungen optimal belüftet werden und in Ruhe ihrer Aufgabe nachkommen können, dem Gasaustausch. Dann atmest du langsam aus. Wenn du ruhig und gleichmäßig ein paar Züge der Vollatmung vor einem Tauchgang machst, wirst du feststellen, dass du jetzt viel länger unter Wasser bleiben kannst, als ohne Übung.

Entspannung unter Wasser

Neben einer guten Atemtechnik gibt es noch ein paar Tricks, wie du noch länger unter Wasser bleiben kannst. Entspannung heißt das Zauberwort! Vergiss nicht: Auch die Seele taucht mit! Bei Angst oder Unwohlsein wirst du sehr schnell wieder auftauchen wollen. Wenn du dich aber wohl fühlst, wirst du die Zeit, die du unter Wasser bist, fast gar nicht bemerken.

1. Denke gute Gedanken unter Wasser. Vielleicht freust du dich über deinen neuen Fischschwanz? Oder auf eine tolle Zeit mit Freunden? Denke intensiv an etwas, was dir Freude macht, erinnere dich an Gespräche, schmiede Pläne. Du wirst sehen, das alles geht super unter Wasser!

2. Wenn du im Moment keine positiven Gedanken findest, kann es sehr helfen, sich auf die Wahrnehmung unter Wasser zu konzentrieren. Nutze alle deine Sinne. Kannst du Geräusche hören? Stimmen? Wie fühlt sich das Wasser an, kannst du Strömungen an deiner Haut spüren? Kannst du Boden oder Wände sehen? Welche Farbe haben sie, welche Form haben die Kacheln? Oder im Freiwasser: Wie sehen die Steine oder Felsen aus? Kannst du Tiere sehen? Diese Fragen mögen dir vielleicht zunächst etwas seltsam vorkommen, aber sie helfen dir, für eine Weile zu vergessen, dass du unter Wasser bist.

3. Du kannst auch ausprobieren, wie es sich anfühlt, wenn du dich voll auf deinen Körper konzentrierst. Versuche schrittweise, einzelne Teile deines Körpers intensiv zu fühlen. Dabei arbeitest du dich von den Füßen bis zum Kopf vor. Versuche zu erspüren, wie sich deine Körperteile anfühlen und was sie gerade machen.

4. Eine Aufgabe zu erfüllen ist ebenfalls eine wunderbare Methode, deine Zeit unter Wasser zu verlängern, z.B. wenn du einen Gegenstand herauftauchen möchtest. Wo ist er, wie sieht er aus, von welcher Seite kannst du ihn am besten antauchen? Oft ist es nicht leicht, eine Aufgabe unter Wasser sofort zu erfüllen und man braucht manchmal mehrere Versuche. Wenn du die Aufgabe aber dann bewältigt hast, kannst du sehr stolz auf dich sein. Das trägt wesentlich zu deiner Entspannung bei. Stelle nur sicher, dass du dich nicht überforderst und die Aufgabe innerhalb deiner Möglichkeiten, deinem Können und deiner Erfahrung liegt.

Egal, welche Entspannungsmethode für dich am besten funktioniert, es ist wichtig, dass du in guter Stimmung bist. Apnoe-Profitaucher haben eine Weisheit:

Positive Gedanken verbrauchen weniger Sauerstoff als negative!

Erste Hilfe

Besonders in deinem Sport solltest du in Notfällen helfen können und dich dafür ausbilden lassen. Für die Erste Hilfe gibt es Kurse, die in Tauchschulen und -vereinen, beim Roten Kreuz und manchmal sogar in Schulen angeboten werden. Falls du eine Person im Wasser entdeckst, die das Bewusstsein verloren hat, ist es immer wichtig, sofort zu helfen, oder so schnell wie möglich einen Erwachsenen herbeizurufen.

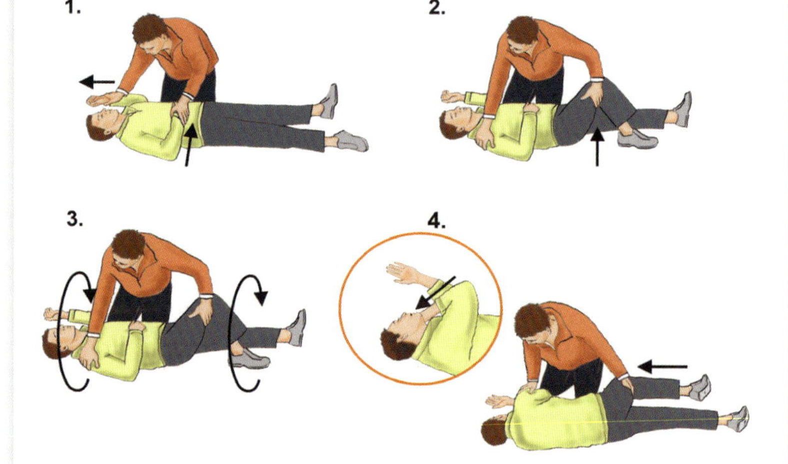

Dabei gilt folgendes:

1. Die verunglückte Person aus dem Wasser ziehen, dabei den Kopf leicht nach hinten biegen und den Hals überstrecken, um die Atemwege freizuhalten.
2. Die Person an Land bringen, auf den Boden legen, ansprechen und prüfen, ob sie atmet. Das tut sie, wenn sich der Brustkorb hebt und senkt. Dann die Person in eine stabile Seitenlage (siehe Grafik rechts) drehen, beobachten und Hilfe holen.
3. Falls die gerettete Person nicht atmet, Mund-zu-Mund Beatmung beginnen, kombiniert mit Herzdruckmassage. Daneben sollte sofort, am besten durch einen anderen Helfer, der Notarzt gerufen werden.

Keine Angst vor Fehlern - nichts zu tun ist der größte Fehler!

Das Wichtigste bei einem Notfall ist, dass man den Verunfallten beruhigt und ihm signalisiert, hier ist jemand, der ihn nicht alleine lässt.

Kapitel 6 Die Gewässer und ihre Bewohner

- Meere und Ozeane
- Seen und Weiher
- Flüsse und Bäche
- Teiche

Du hast jetzt schon viel gelernt und bist auf dem besten Weg, eine waschechte Mermaid zu werden. Die Unterwasserwelt erwartet dich!
Für das Training ist wohl das Schwimmbecken am besten geeignet, aber in freien, natürlichen Gewässern kannst du noch größere Abenteuer erleben und dabei viel über ihre Schönheiten, aber auch ihre Gefahren lernen. Gemeinsam mit Freunden und Freundinnen macht das natürlich besonders viel Spaß. Also: Rein ins Nass, es gibt eine Menge zu entdecken!

Meere und Ozeane

Am Meer ist es wunderbar! Es glitzert und rauscht und die Meeresluft riecht angenehm salzig. Du möchtest wahrscheinlich sofort deinen Fischschwanz auspacken und abtauchen. Welche kleine Nixe träumt nicht davon, gemeinsam mit den Meerestieren zu schwimmen? Auch die Strandbesucher freuen sich, wenn sie eine Nixe treffen. Später, wenn du schon einiges über das Meer gelernt hast, kannst du ihnen von den Meerestieren erzählen, wie schön und empfindlich sie oft sind. Und was die Menschen tun können, um sie zu schützen und um sie für die Zukunft zu bewahren. Das ist eine wichtige Aufgabe für Meermädchen und auch für Meermänner!

Schwimmen im Meer: Das Meer ist eine eigene, aufregende Welt. Es gibt vieles zu entdecken. Aber es ist auch gewaltig, mächtig und oft ziemlich unberechenbar. Dadurch gibt es natürlich viele Gefahren. Du musst eine sehr sichere Schwimmerin sein, bevor du mit deinem Fischschwanz ins Meer gehst. Es gilt natürlich immer: Niemals alleine schwimmen, denn das Meer hat keine Balken zum Festhalten! Aufblasbare Gegenstände sind praktisch zum Ausruhen, aber sie können keine Aufsicht ersetzen. An vielen Badestränden gibt es zwar Rettungsschwimmer, aber es ist trotzdem wichtig, dass eine Person zusätzlich ganz speziell auf dich aufpasst, die groß und stark genug ist, dir im Notfall helfen zu können. Natürlich muss sie dazu auch gut schwimmen können.

Und ganz wichtig:
Es muss IMMER eine Person, die schwimmen kann, auf dich aufpassen, während du im Wasser bist!

Am Strand kannst du beobachten, dass an bestimmten Stunden des Tages weite Bereiche vom Meer geflutet sind, die vorher noch trocken waren. Das ist das Wirken der Gezeiten, bei denen man Ebbe und Flut unterscheiden kann.

Sie werden durch die Anziehungskraft zwischen Erde und Mond verursacht. Wenn also ein Meer zu einer bestimmten Tageszeit dem Mond direkt gegenüber liegt, dann wirkt die Anziehungskraft des Mondes sehr stark auf die Ozeane. Das Wasser schiebt sich näher an den Strand, der Wasserspiegel wird höher und das Meer hat größere Wellen. Es ist

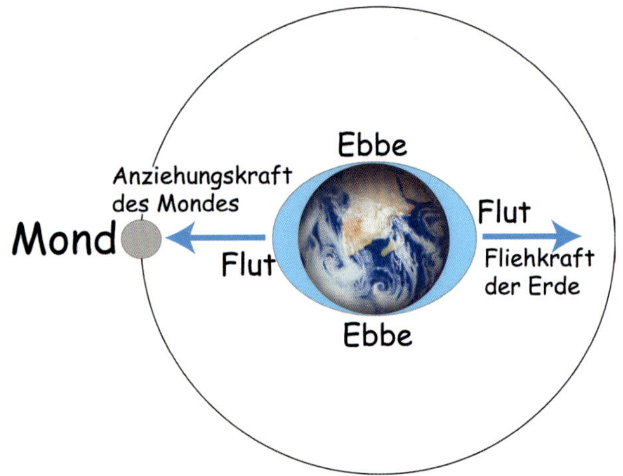

also während der Flut deutlich unruhiger. Wenn sie vorbei ist, folgt die ruhigere Ebbe. Das Meerwasser zieht sich wieder zurück. Am Urlaubsort kannst du dich nach den Zeiten von Ebbe und Flut erkundigen. Generell ist es für kleine Meerjungfrauen besser, bei Ebbe zu schwimmen, da kannst Dich dann entspannter im Wasser bewegen und du wirst nicht so stark von den Wellen herumgeworfen. Am besten eignen sich zum Schwimmen ruhige, geschützte Buchten oder Lagunen. Das sind vom Meer ganz oder teilweise abgetrennte Bereiche, bei denen sich die Gezeiten weniger auswirken als im offenen Meer. Hier kannst du entspannt für Fotos posieren, im Wasser liegen und mit den Fischen tauchen. Aber auch im offenen Meer kannst Du sehr viel Spaß haben und mit den Wellen spielen.

Nie jedoch darfst du außerhalb der markierten Wasserbereiche schwimmen. Diese sind meist durch Schwimmbojen, Schilder oder Leinen gekennzeichnet. Im Meer gibt es oft gefährliche Strömungen, die Schwimmer hinaus ins offene Meer oder gar in die Tiefe ziehen können. Du hast auch nahe am Ufer genug Platz! Achte auf Flaggen, Schilder und Tafeln am Strand. Erkundige dich vor Ort.

An bestimmten Stränden wird vor Unterströmung oder gefährlicher Brandung gewarnt. Hier ist natürlich absolutes Badeverbot angesagt!

Meerjungfrauen sitzen gerne auf Felsen. Das sieht gut aus, ist aber oft nicht ganz ungefährlich. Felsen können rau und ziemlich glitschig sein. Im Wasser musst du darauf achten, dass die Wellen dich nicht gegen Felsen spülen. Scharfe Kanten können dich verletzen oder deinen Fischschwanz beschädigen. Bei unruhigem Meer solltest du Felsen oder große Steine, die aus dem Wasser ragen, immer meiden. Schöne Fotos kann man auch auf trockenen Felsen am Strand machen!

Meerestiere: Das Entdecken und Beobachten von Meerestieren gehört zu den schönsten Erfahrungen, die du als Nixe machen kannst. Oft schwimmen viele bunte Fische mit dir! Vielleicht sogar eine Meeresschildkröte? Oder du entdeckst Seesterne? Achte bei allen Tieren darauf, dass du sie nicht berührst, fütterst, verjagst oder gar verletzt. Verhalte dich am besten wie dein Schatten und hinterlasse keine Spuren. Wenn du lernst, ihre Lebensweise zu respektieren, wirst du

im Meer immer gute Freunde haben! Viele Meerestiere sind neugierig und wenig scheu. Es gibt aber auch welche, die gefährlich sind und bei denen du aufpassen musst. Sie sind meist nicht aggressiv oder bösartig gegenüber den Menschen, aber wegen ihrer Natur als Räuber, oder weil sie glauben, sich gegen Fressfeinde verteidigen zu müssen, können sie auch für Mermaids gefährlich werden. Deshalb solltest du einige von ihnen gut kennen. Frage an deinem Urlaubsort nach, ob folgende Tiere gesehen wurden und was du zu deinem Schutz tun kannst. Bevor du dich mit deinem Fischschwanz ins Wasser begibst, solltest du deinen Strandabschnitt vorher mit Maske, Schnorchel und Flossen gemeinsam mit deiner Sicherungsperson erkundet und kennengelernt haben.

Seeigel: Sie kommen häufig in besonders klaren Meeren auf felsigem oder steinigem Boden vor, oft auch in Strandnähe. Ihre Stacheln sind meist schwarz oder weiß, lang und spitz. Wenn Seeigel vorkommen, solltest du nicht in Bodennähe schwimmen. Ins Wasser gelangst du am besten über einen Bootssteg. Wenn du die Stacheln der Seeigel berührst, brechen sie ab und bleiben in deiner Haut stecken. Damit sich die Wunden nicht entzünden, müssen sie sofort von einem Arzt herausgezogen werden.

Quallen: Manchmal werden giftige Quallen in Strandnähe gemeldet. Sie werden von Meeresströmungen in Richtung Strand gespült, besonders bei stürmischem Wetter. Quallen sind fast durchsichtig und im Wasser schwer zu erkennen. Wenn sie dich mit ihren langen Tentakeln berühren, schießen sie dabei ihre Nesselkapseln ab. Das führt zu schmerzhaften Hautreizungen, die sich wie Verbrennungen anfühlen und oft auch zu allergischen Reaktionen führen. Die betroffenen Hautstellen solltest du am besten mit viel Meerwasser auswaschen und anschließend kühlen. Niemals darf man die schmerzenden Stellen mit Sand abreiben, mit Essig, Seifen- oder Leitungswasser ausspülen. Dadurch platzen weitere Nesselkapseln und alles wird noch schlimmer. Bei Schwindel und Schwäche musst du möglichst schnell zu einem Arzt.

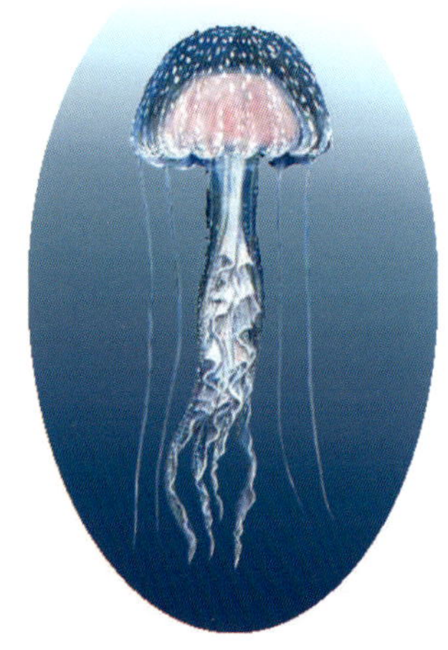

Krebse und Krabben: Sie leben im Wasser oder in Wassernähe, meist an steinigen Stränden und Riffen, in kleinen Felsenhöhlen. Bei Dämmerung kommen sie heraus und suchen nach Futter. Sie sind quirlige kleine Gesellen und es ist faszinierend, sie zu beobachten. Komme ihnen aber nicht zu nahe, sie können dich nämlich ordentlich zwicken, denn ihre Scheren sind scharf und kräftig.

Stachelrochen: Diese Tiere haben einen langen Stachel auf ihrem Schwanz, den sie zur Verteidigung einsetzen, wenn sie sich bedroht fühlen. Sie befinden sich manchmal in Strandnähe oder in Hafenbecken. Dort vergraben sie sich zum Beutefang meist unter einer Schicht Sand. Daher sind sie oft schwer zu finden. Wenn Stachelrochen gesichtet wurden, dann gehe keinesfalls ins Wasser. Der Stich dieser Tiere ist sehr schmerzhaft und giftig. Im Notfall gilt: Ausspülen der Wunde, Druckverband und sofort zum Arzt.

Petermännchen: Diese Fische buddeln sich in Strandnähe in den Sand ein. Sie besitzen giftige, dornartige Stacheln. Tritt man versehentlich auf sie, dann bohren sich die Stacheln in die Fußsohle. Das tut richtig weh und man sollte, bevor man einen Arzt aufsucht, der ein Antiserum gegen das Gift gibt, die Stacheln herausziehen und die Wunde desinfizieren. Petermännchen verteidigen ihr Revier auch aktiv und schießen dann vom Grund auf den Schwimmer zu. Dann sollte man sich schnell aus diesem Strandabschnitt zurückziehen.

Haie: Als Nixe können dir im Meer auch manchmal Haie begegnen. Oft sind das kleinere Riffhaie („friendly reef sharks", wie die Australier sie nennen), die sich im Flachwasser aufhalten. Die Spitzen der Rückenflosse

und der Schwanzfluke sind schwarz oder weiß gefärbt. Diese, sowie wie viele andere Hai-Arten, sind nicht sehr gefährlich, sondern eher scheu. Du solltest aber darauf achten, sie nicht zu provozieren, z. B. durch wildes Herumpaddeln. Die wenigen Hai-Arten, die für Menschen und natürlich Mermaids gefährlich sein können, wie der Weiße Hai, kommen selten in Strandnähe vor. Die Wahrscheinlichkeit, von einem solchen Hai angegriffen zu werden, ist gering. Trotzdem ist es immer gut, sich zu erkundigen, welche Hai-Arten in deinem Urlaubsmeer vorkommen können.

Meeresschutz: Meerjungfrauen und Meermänner sind Freunde und Beschützer der Wasserbewohner. Jedes Lebewesen ist wichtig: Bakterien, Pflanzen und Tiere, egal ob sie Räuber oder Pflanzenfresser, giftig oder nicht giftig, Tiefsee- und Flachwasserbewohner sind. Sie alle sind Teil eines ganzen, eng vernetzten Systems des Lebens. Wenn auch nur eine Tier- oder Pflanzenart durch den Menschen ausgerottet wird, dann hat dies Auswirkungen auf alle anderen Arten und auf das gesamte ausgeklügelte Ökosystem des Meeres. Alle Arten brauchen einander. Und die gefährdeten Arten brauchen Nixen wie dich, die sie beschützen und bewahren.

Es gibt eine sehr effektive Schutzmaßnahme, mit der du direkt helfen kannst: Gehe im Urlaub möglichst nicht in Souvenirläden, die Muscheln, Schnecken, Seesterne, Korallen oder gar getrocknete Seepferdchen verkaufen. Diese Tiere gehören ins Meer, nicht in Ladenregale.

Und wäre es nicht sehr traurig, wenn es sie im Meer nicht mehr gäbe, weil alle herausgefischt wurden? Am Strand kannst du viele wunderschöne Schätze finden, die du für Mermaid-Schmuck verwenden kannst. Angespülte, kleine und leere Muschel- und Schneckenschalen werden von den Tieren nicht mehr gebraucht und du kannst ein paar davon mit gutem Gewissen verwenden, sofern die Bestimmungen des jeweiligen Landes dies erlauben. Sehr wichtig ist aber das Aufsammeln von Plastik am Strand und im Wasser. Durch jedes Plastikteil, welches du vom Strand entfernst, kannst du einem Meerestier das Leben retten, da das Plastik dann nicht mehr gefressen werden, oder sich um den Körper des Tieres schlingen kann, was in beiden Fällen schmerzhaft ist und häufig zum Tod führt.

Vielleicht möchtest du später auch bei einem Meeresschutzprogramm mitmachen? Zum Beispiel bei einem Meeresschildkröten-Projekt am Strand, bei dem du aufpasst, dass die Babyschildkröten sicher ins Meer gelangen und nicht von Menschen gefangen oder von Möwen gefressen werden? Je mehr du diese nassen Meeresfreunde kennenlernst, desto stärker wirst du sie respektieren und lieben, und umso besser wirst du sie auch schützen können.

Sie brauchen dich!

Seen und Weiher

Es gibt viele wunderschöne Badeseen und Weiher, die sich gut zum Schwimmen für Seejungfrauen eignen. Oft sind die Seen, die in der Sonne glitzern, von geheimnisvollen Baumlandschaften, Steinfelsen, Schilf oder anderen Pflanzen umgeben. Du kannst am Ufer Möwen, Boote, Stege, Steintreppen und Baumäste finden. Dies alles eignet sich für tolle Fotoshootings. Die Seen in unseren Breitengraden sind im Sommer meist warm genug zum Schwimmen. Oft ist es aber so, dass ein See umso kälter ist, je klarer er ist. Das gilt besonders für Gebirgsseen. Wenn du aber öfter in solchen Seen schwimmst, wirst du dich allmählich an die Temperaturen gewöhnen und immer länger im Wasser bleiben können. Dennoch: Wenn du anfängst zu zittern, musst du schnell wieder zurück ans Ufer und dich aufwärmen. Zähne klappernd zu frieren passt auch nicht zu einer anmutigen Nixe!

Es gibt zahlreiche heimische Seebewohner zu entdecken: Wasservögel wie Möwen, Enten, Gänse und Schwäne, Fische wie Karpfen, Hechte, Welse, Rotfedern und Störe, aber auch Flusskrebse, Muscheln und Schnecken. Gelegentlich wirst Du auch eine nette Ringelnatter sehen. Keine Angst, all diese Tiere sind ungefährlich und nicht giftig. Man darf sie aber trotzdem niemals ärgern. Besonders Schwäne werden schnell so richtig wütend,

wenn man ihnen zu nahe kommt, insbesondere wenn sie Jungvögel großziehen. Wichtig ist auch, dass du die Tiere nicht fütterst. Das verschmutzt den See und stört das ökologische Gleichgewicht. Und das schadet den Tieren viel mehr als es ihnen hilft.
Du wirst im See viel Spaß haben, denke aber auch hier immer an deine Sicherheit. Manche Uferbereiche, die durch Schilder ausgewiesen sind, darfst du nicht oder nur zu bestimmten Jahreszeiten betreten. Sie sind reserviert für Tiere, die dort brüten, laichen, nisten oder gar ihre eigenen kleinen Schutzinseln haben. Achte auch auf Seerosen, Schilf und andere empfindliche Wasserpflanzen, die leicht kaputt gehen können. Es ist ohnehin besser, wenn du nicht durch einen dichten Pflanzenbereich schwimmst, denn man kann sich leicht mit dem Fischschwanz darin verheddern! Wenn du unter Wasser mit deiner Flosse hängen bleibst, dann hilft nur ein rascher Notfallausstieg aus der Flosse.
Aber als echte Seejungfrau wirst du „deinen" See bald gut kennen und sicher gut auf euch beide achten.

Flüsse und Bäche

Es gibt verschiedene Arten von fließenden Gewässern. Nach ihrer Größe kann man Ströme, Flüsse, kleinere Bäche und Quellen unterscheiden. Diese Fließgewässer können ruhig vor sich hinplätschern oder auch temperamentvoll und reißend strömen. Wasserfälle und Stromschnellen gehören auch dazu.

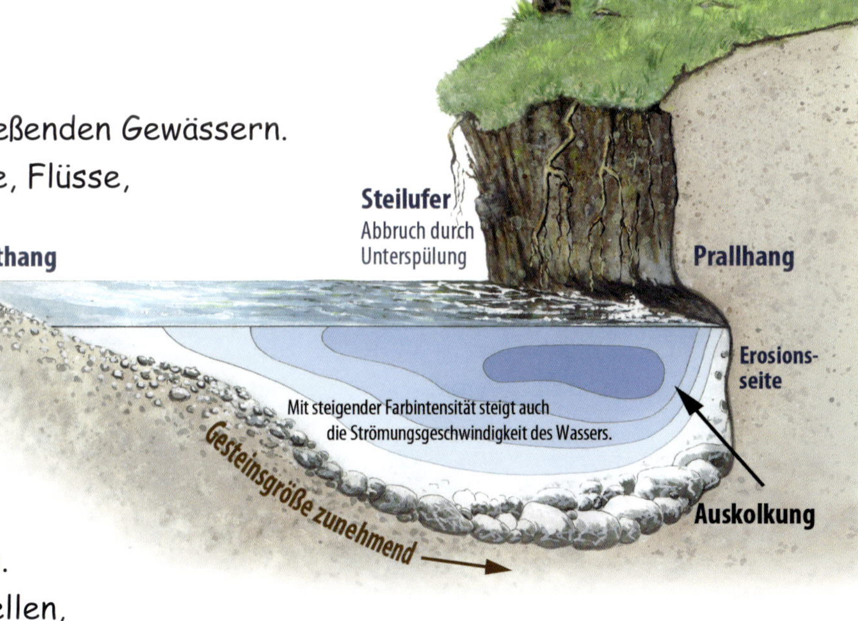

In unseren Ländern kannst du Forellen, Flussbarsche, Saiblinge, Karpfen, Störe, Sterlets und Steinkrebse entdecken. Es leben dort auch Säugetiere, wie Fischotter, Biber, Bisamratten und Vögel, wie Kormorane, Möwen, Enten und Gänse. In anderen Ländern, wie in Amerika oder Indien, kommen

auch große Tiere in Flüssen vor, wie z. B. Seekühe oder Flussdelfine. Viele Flusslandschaften verlocken trotz der meist kalten Wassertemperaturen zum Fotoshooting. Manche Mermaids möchten eben auch mal Fluss- oder Quellnymphe sein! Aber in allen fließenden Gewässern ist größte Vorsicht geboten. Viele Flüsse haben gefährliche Strömungen und Strudel. Als Nixe darfst du nur in ausdrücklich zum Baden gekennzeichneten Bereichen schwimmen. Das dient deiner Sicherheit und auch dem Schutz der tierischen Flussbewohner. Am besten eignen sich Naturbassins und Becken in einem ruhigen und niedrigen Bach. Aber vergiss nicht: Niemals alleine!

Teiche

Teiche sind niedrige, oft vom Menschen angelegte Stillgewässer. Sie sind empfindliche Ökosysteme mit Tieren und Pflanzen, die sich gegenseitig brauchen. Manchmal werden in Teichen auch Fische gezüchtet, wie Forellen oder Karpfen. Je nachdem, ob es sich um einen Nutzteich oder Naturteich handelt, kannst du oft Koi-Karpfen oder Goldfische entdecken, Frösche, Kröten, Molche, Wasserlibellen, Käfer, verschiedene Schnecken und Teichmuscheln. Gelegentlich lassen sich auch Enten oder Blesshühner auf Teichen nieder. Zum Schwimmen als Nixe eignen sich diese Gewässer weniger, da das Baden meist nicht erlaubt ist und es die Teichbewohner stören würde. Du kannst aber am Ufer oder an bestimmten Stellen im Wasser mit deinem Fischschwanz für Fotos posieren. Zusammen mit Wasserpflanzen, z.B. mit den im Frühjahr blühenden Seerosen, hast du dann Bilder, auf denen du aussiehst wie die schönen Teichnymphen auf den Gemälden berühmter Maler!

Wichtig: Wegen Parasiten- und Raubtiergefahr eignen sich viele tropische Binnengewässer nicht fürs Schwimmen.

Kapitel 7
Fotoshooting und Video

- Vorbereitung
- Kamera und Licht
- Haltung und Posen
- Fotoshooting im Freiwasser
- Verständigung und Sicherheit

Für jede Mermaid ist das Tauchen wunderbar. Nun kommt es aber noch besser: Jetzt sprechen wir über Fotos, was bestimmt ein Highlight im Leben einer Meerjungfrau ist! Das Posieren (engl. „posing") für Fotos nennt man Fotoshooting. Wenn es sich um Filmaufnahmen handelt, spricht man vom Videoshooting.
Dabei versuchen Meerjungfrauen elegant und bezaubernd vor einer tollen Meereskulisse zu schwimmen. Solche Aufnahmen hast du bestimmt schon gesehen. Das wäre doch sicher auch etwas für dich! Dazu brauchst du eine Person, die dich unter Wasser fotografiert oder filmt. Oft findet man interessierte Fotografen bei Mermaid-Veranstaltungen im Schwimmbad oder bei Events an unseren schönen Seen. Unter Wasser mit einem Fischschwanz zu posieren ist zwar nicht so einfach wie es aussieht, aber echte Meermädchen lassen sich nicht einschüchtern. Mit etwas Übung wirst du zu einem wunderschönen Mermaid-Model und bekommst Bilder, die deine Eltern und Freunde beeindrucken werden.

Vorbereitung

Das Wichtigste ist, dass du dich mit deinem Fischschwanz wohlfühlst und dich frei bewegen kannst. Du solltest vor dem Shooting üben, deine Augen entspannt unter Wasser zu öffnen, um ohne Schwimmbrille alles gut erkennen zu können. Ohne diese siehst du als Meerjungfrau nämlich viel eleganter aus! Probiere auch ein Lächeln und arbeite an deiner Mimik. Stelle dir unter Wasser vor, dass du im Trockenen bist. Du wirst sehen,

das funktioniert! Sieh dir schöne Bilder und Gemälde von Meerjungfrauen an. Oder denke an deine Lieblingsmeerjungfrau aus dem Fernsehen. Gefällt dir eine Pose besonders gut? Präge sie dir ein, um sie später selbst auszuprobieren.

Sitzen dein Fischschwanz und dein Oberteil gut? Ist dein Make Up trocken? Wenn du Glitzersteine oder andere Dinge mit einem wasserfesten Theaterkleber auf die Haut aufgebracht hast, muss der Kleber trocken und fest sein. Das kann gut eine halbe Stunde dauern. Wenn du einen Haarschmuck trägst, dann muss er so befestigt sein, dass du ihn beim Abtauchen nicht verlierst und du dir keine Haare ausreißt. Profis machen vor einem Fotoshooting gerne ein paar Dehnübungen, damit die Posen unter Wasser leicht und künstlerisch aussehen. Sie helfen auch, Schmerzen und Krämpfe zu vermeiden. Vor dem Shooting kannst du die Vollatmungs-Übung aus Kapitel 5 anwenden. Damit entspannst du dich und kannst länger unter Wasser posieren. Jetzt bist du bereit für die Kamera! Dein Unterwasser- (Abkürzung: UW-) Fotograf / Filmer wird nun mit dir besprechen, wie das Shooting ablaufen wird. Am Anfang wird es noch etwas ungewohnt sein, aber du wirst sehen, je öfter du tauchst und posierst, desto sicherer, phantasievoller und mutiger wirst du werden!

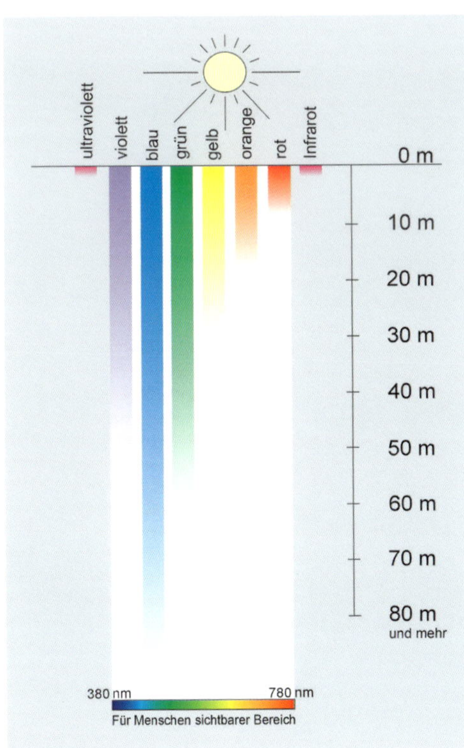

Kamera und Licht

Bevor das Shooting beginnt, ist es gut zu wissen, wie ein UW-Fotograf / Filmer seine Aufnahmen macht und welche Arten von Mermaid-Fotos dabei entstehen können. Eine Unterwasserkamera sieht auf den ersten Blick oft wie ein kleiner Roboter aus. Die Fotokamera, die nicht nass werden darf, befindet sich in einem wasserdichten Gehäuse mit zahlreichen Bedienungsknöpfen. Die Arme des Roboters, die Blitzarme, sind durch Kugelgelenke beweglich mit dem Gehäuse verbunden. An ihnen befinden sich unterschiedliche Lampen und Blitzlichter. Sie können in verschiedene Richtung gedreht werden, um Licht in die dunkle Unterwasserwelt zu bringen. Das Wasser filtert nämlich, beginnend mit Rot, viele Farben des sichtbaren Lichts heraus. Dadurch

verblassen die bunten Farben, je tiefer man taucht. Aber keine Sorge: In den Tiefen deines Fotoshootings (bis ca. 5 Meter) sind noch weitgehend alle Farben vorhanden. Ohne zusätzliche Beleuchtung würde aber alles viel zu dunkel und bläulich-grünlich erscheinen. Lampen und Blitze sind also wichtig, um dir als Mermaid, soweit es geht, deine gesunden Körperfarben wiederzugeben und deine Fluke, deinen Schmuck und dein Make Up im richtigen Licht erscheinen zu lassen!

Es gibt drei Hauptpositionen („Kameraperspektiven"), von denen aus ein Fotograf mit seiner Kamera Bilder von dir machen kann:

Untersicht oder Froschperspektive: Hier ist die Kamera direkt oder schräg unter dir und du wirst von unten aufgenommen. Das gibt schöne Aufnahmen, die eine dunkle Meerjungfrauen-Silhouette (Schattenbild) vor einem hellen Himmel zeigen.

Normalsicht: Die Kamera befindet sich direkt vor dir. Das ist sehr gut für klassische Mermaidposen. Hier kommt dein Gesicht, sowie die Form und Farbe von Fischschwanz und Oberteil am besten zur Geltung.

Aufsicht oder Vogelperspektive: An dieser Stelle ist die Kamera direkt oder schräg über dir und fotografiert / filmt dich von oben. Von dieser Position aus kann man gut deine Rückseite in voller Länge fotografieren / filmen, wenn du einigermaßen parallel zum Boden schwimmst. Im Allgemeinen stellen sich die Körperbereiche, die näher zur Kamera liegen, auf dem Bild größer dar. Deshalb solltest du darauf achten, keine Arme oder Hände in Richtung der Kamera zu strecken. Sie werden sonst riesengroß!

Der UW-Fotograf / Filmer entscheidet in der Regel auch, wie nah du abgebildet werden sollst, bzw. wie groß du auf der Aufnahme sein sollst. Er kann diese Bildausschnitte bewusst verändern, je nachdem wie viel von dir oder dem Hintergrund zu sehen sein soll.

Totale:
Du wirst zusammen mit viel Hintergrund fotografiert. Dabei erscheinst du auf dem Bild zwar relativ klein, aber umso mehr sieht man von der Unterwasserwelt. Das ergibt oft mystisch wirkende Aufnahmen.

Halbtotale:
Hier wirst du schon etwas größer aufgenommen. Meist füllst du vom Kopf bis zur Schwanzfluke das ganze Bild aus. Da du jetzt näher zu sehen bist, kann man etwas weniger Hintergrund erkennen.

Halbnahe:
In dieser Einstellung wirst du noch größer abgebildet. Hier bist du meist vom Kopf bis zur Hüfte abgebildet zu sehen. So kann man den Blick des Betrachters auf einen bestimmten Gesichtsausdruck, tolle schwebende Haare, ein schönes Mermaidoberteil oder auf Schmuck lenken.

Nahe:
Diese Einstellungen werden hauptsächlich bei Mermaids gemacht, die ein aufwändiges Make Up tragen, denn hier geht der UW-Fotograf / Filmer noch ein Stück näher ran. Abgebildet werden Kopf und Oberkörper. Wird nur das Gesicht alleine aufgenommen, spricht man von einer Großaufnahme.

Haltung und Posen

Jetzt kannst du endlich ins Wasser zum Shooting! Am besten probierst du es zunächst in einem Pool aus. Hilfreich ist, wenn du schon Erfahrung mit komplizierten Bewegungen aus Ballett, Turnen oder Gymnastik hast. Damit kannst du auch unter Wasser sehr grazile Posen hinbekommen - ist aber keine Voraussetzung. Es gibt drei Möglichkeiten, um für Fotos unter Wasser zu posieren:

Halte dich an einem Gegenstand fest: Unter Wasser befindet sich manchmal ein Stein oder ein schwerer Gegenstand, der vorher dort versenkt wurde. Tauche hinunter zu ihm und halte dich daran fest, aber nie an den empfindlichen Korallen! Nun entspannst du dein Gesicht, richtest deinen Blick auf die Kamera und lächelst. Du kannst auch versuchen, mit einer Hand deine Haare aus dem Gesicht zu streichen. Zeige deine Fischflosse. Achte darauf, die Füße immer durchzustrecken. Sonst ist der Fußteil des Fischschwanzes abgeknickt und das würde dann zu „menschlich" aussehen. Knicke auch deine Knie nicht zu sehr ab, sondern bewege deinen Fischschwanz so „rund gebogen" wie möglich. Als Ausnahme gibt es eine Position, in der du kniend deine Fluke nach oben streckst. Denke aber grundsätzlich daran: Echte Meerjungfrauen haben keine Knie- oder Fußgelenke!

Unter Wasser kannst du meist gut sehen oder hören, wenn Fotos aufgenommen werden. Es blitzt und klickt! In diesem Augenblick solltest du keine Luft ausatmen, denn sonst könnten die aufsteigenden Luftblasen deine Augen oder andere Teile deines Gesichtes verdecken. So etwas kann oft die schönsten Aufnahmen ruinieren!

Posieren ohne festhalten: Das ist ein bisschen schwieriger. Dazu musst du die meiste Luft aus deinen Lungen beim Abtauchen ausatmen. Je weniger Luft sich in deinen Lungen befindet, desto leichter wirst du unter Wasser bleiben können und nicht wie ein Korken zur Oberfläche hochtreiben. Das erfordert Übung und deine Zeit unter Wasser wird kürzer sein. Es ist aber praktisch, wenn du es gezielt trainierst, denn oft sind keine Möglichkeiten zum Festhalten vorhanden. Ein Vorteil ist, dass du deine Arme frei bewegen und sie in eine Pose einbauen kannst. Du kannst in deinen Händen schmückende Dinge halten, z.B. Muscheln, eine magische Kugel oder ein glitzerndes Band.

Posieren aus der Bewegung: Hier tauchst du eine Figur, schwimmst eine Kurve oder machst einen Salto. Dabei können ganz tolle Aufnahmen entstehen. Du solltest dich dabei eher langsam bewegen, damit der Fotograf Zeit hat, deine Pose einzufangen. Achte darauf, deine Schwanzfluke immer etwas frontal zur Kamera zu drehen. Ansonsten kommt nur die Seitenkante der Fluke auf das Bild. Das kann dann manchmal ein bisschen merkwürdig aussehen.
Bei Videoaufnahmen kannst du zeigen, wie erfahren du dich schon als Mermaid unter Wasser bewegst. Tanze deinen Nixentanz! Vergiss aber nicht, wo die Kamera ist oder wohin die Reise gehen soll, damit du nicht aus dem Bild schwimmst!

Shooting im Freiwasser

Im See oder im Meer kannst du wunderschöne Aufnahmen machen. Vielleicht bekommst du sogar einen Fisch oder einen Oktopus mit auf dein Foto? Die Unterwasserlandschaft ist deine Kulisse! Vor dem Shooting ist es immer zu empfehlen, eine Maske aufzusetzen und sich genau zu erkundigen, wo du hin tauchen möchtest. Das verschafft dir Ideen für deine Posen und hilft, Verletzungen zu vermeiden. Unter Wasser kannst du dich an Felsen, Steinen, Baumästen oder Wurzeln festhalten. Korallen im Meer solltet du jedoch nicht berühren! Achte beim Festhalten unter Wasser stets darauf, keine Partikel aufzuwirbeln, sonst wird das für den Fotografen frustrierend, da Schwebeteilchen die Sicht trüben und die Qualität der Aufnahmen beinträchtigen. Eine elegante Meerjungfrau soll ja ohnehin nicht wie ein Wildschwein durch die Landschaft pflügen! Stelle dir stattdessen vor, dass du eine Unterwassertänzerin bist. Führe alle deine Bewegungen mit Körperspannung aus, präsentiere stolz deinen Fischschwanz, bewege deine Arme, Hände und Finger, recke deinen Hals und biege deinen Rücken durch. Diese Art von Modeln ist nicht einfach, denn man muss an vieles gleichzeitig denken. Wenn du dir aber vor dem Abtauchen eine Pose oder Figur überlegst und nicht einfach im Wasser „herumliegst", werden dir schon bald Aufnahmen gelingen, die dir so leicht niemand nachmachen kann!

Meist wird der UW-Fotograf / Filmer jedes Mal mit dir ab- und wieder auftauchen und mit dir besprechen, was zu tun ist. Wenn du mehr Übung hast, kannst du vorher mit ihm die verschiedenen Posen vereinbaren, die du unter Wasser machen möchtest. Der Fotograf kann ohnehin mit seiner umfangreichen Ausrüstung längere Zeit unter Wasser bleiben.

Verständigung und Sicherheit

Ein UW-Fotograf / Filmer ist oft ein Sporttaucher. Als solcher beherrscht er Unterwasserzeichen, mit denen er sich mit seinen Tauchkollegen („Buddies") verständigen kann. Auch du solltest die wichtigsten Unterwasserzeichen kennen, besonders wenn du ein Shooting im Freiwasser planst. So kannst du dich verständlich machen, denn auch Mermaids können unter Wasser nicht reden. Einige Beispiele für Unterwasserzeichen: Wenn du dich ausruhen möchtest, mach das Auftauchzeichen. Wenn du dich unter Wasser verhedderst oder irgendwo hängen bleibst, musst du sofort einen Notfallausstieg aus der Flosse durchführen und signalisieren, dass du keine Luft mehr hast. Bei anderweitigen Problemen unter Wasser, gib das Signal, dass etwas nicht stimmt. Du kannst auch anzeigen, dass deine Ohren schmerzen oder dir kalt ist. Das Wichtigste ist die Sicherheit von Mermaid und UW-Fotograf / Filmer. Bei einem Shooting im Freiwasser sollte immer ein Sicherheitstaucher dabei sein. Dieser achtet darauf, dass niemand in Gefahr gerät.

Fortgeschrittenen Mermaids, die Shootings in größeren Tiefen durchführen, gibt der Sicherheitstaucher Luft aus einem gelben Lungenautomaten (Oktopus), der mit seinem Schlauch an dessen Pressluftflasche befestigt ist. So können Profi-Mermaids länger unter

Wichtige Unterwasser-Zeichen

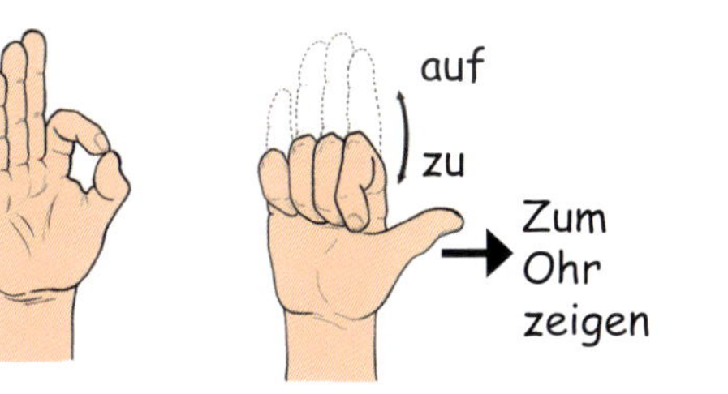

OK!

Problem mit Druckausgleich

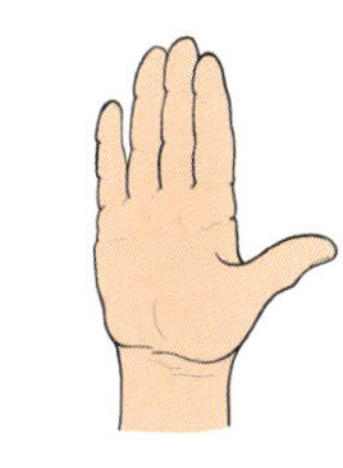

Stopp!

Auftauchen

Abtauchen

Du

Keine Luft mehr!

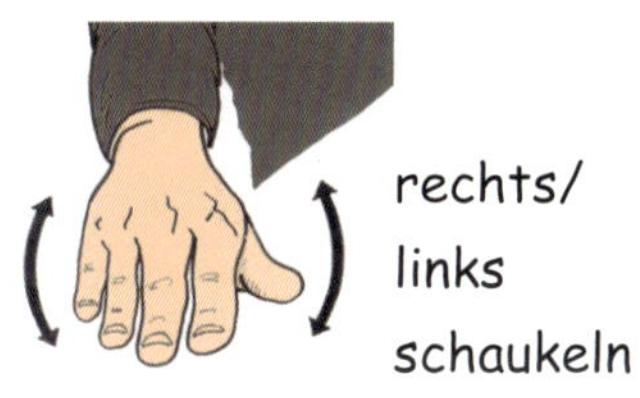

Etwas nicht ganz in Ordnung

Ich friere

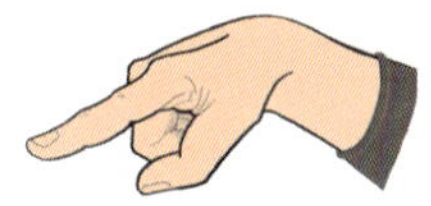

Hinweis: da, dort

Wasser bleiben. Sie müssen aber darauf achten, dass sie beim Auftauchen konstant und gleichmäßig Luft aus geöffnetem Mund ausatmen. Wenn sie das vergessen, riskieren sie, dass sich die Luft in ihren Lungen zu rasch ausdehnt und Risse in den Lungenbläschen verursacht. Anders als beim Schwimmen und Apnoetauchen, wo du „Luft mit normalem Oberflächendruck" in deinen Lungen mit hinunter und dann wieder mit nach oben nimmst, hast du aus dem Pressluftgerät in der Tiefe Atemluft mit einem genau dieser Tiefe angepassten, höheren Umgebungsdruck eingeatmet. Beim Auftauchen aber wird der Umgebungsdruck nun geringer, der Druck in den Lungen steigt also, weil sich diese Luft ausdehnen will. Das kann lebensgefährlich werden! Aufnahmen in größeren Tiefen darfst du daher erst ausprobieren, wenn du sehr erfahren bist und einen offiziellen Tauchkurs absolviert hast.

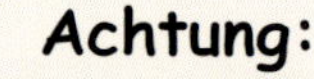

Achtung:

Für das Atmen aus einer Pressluftflasche musst du zuvor einen Tauchkurs besucht haben!

Das Wichtigste für dich als Freitaucher und Mermaid ist momentan: Immer genug Luft für den Weg nach oben einplanen!

So ein Freiwasser-Shooting ist sehr aufregend, kann aber auch anstrengend sein. Lege genügend Pausen ein und achte immer auf einen geeigneten Sonnenschutz. Auf Gesicht, Nacken und Schultern solltest du eine wasserfeste Sonnencreme auftragen. Beim Warten oder Ausruhen an Land helfen ein Sonnenhut und lange Kleidung gegen Sonnenstich und Sonnenbrand. Genügend Trinken ist ebenfalls wichtig, selbst für Meerjungfrauen im kühlen Nass!

Kapitel 8
Geschichten und Sagen über Wasserwesen

- Sie haben viele Namen
- Wasserwesen aus fernen Ländern
- Manatis

Die bekanntesten mythologischen Wasserwesen sind Meerjungfrauen. Wenn wir von diesen Fabelwesen sprechen, dann meinen wir meistens wunderschöne junge Frauen mit Fischschwanz, die Menschen aus Seenot retten und die Tiere und Pflanzen der Meere beschützen. Sie sind aber deshalb keine Fische. In alten Sagen werden sie oft als gottähnliche Mischwesen beschrieben, neugierig, wagemutig und auf der Suche nach einem menschlichen Seelenpartner. Vielleicht kennst du sogar Geschichten, in denen Seeleute und Fischer durch die Schönheit und den betörenden Gesang einer Meerjungfrau in die ewigen Tiefen der Meere gelockt werden?

Auf alle Fälle waren die Menschen zu allen Zeiten von solchen Wesen fasziniert. Meerjungfrauen stehen für die Schönheit, die Gaben und die Launen des Meeres, sowie für die Hoffnung der einsamen Seeleute, von einem magischen, weiblichen Wesen vor den Gefahren auf hoher See beschützt zu werden. Die Meerjungfrau selbst ist auch ein sehnsüchtiges Wesen und meist auf der schwierigen Suche nach einer unsterblichen Seele.

Sie haben viele Namen

Schon seit dem 13. Jahrhundert vor Christus gibt es Darstellungen von fischschwänzigen Göttinnen und Göttern. Der altgriechische Dichter Homer, der die Heldensagen „Ilias" und „Odyssee" verfasst hat, beschreibt einerseits die hilfsbereiten, freundlichen Meernymphen des Mittelmeers, andererseits die todbringenden Sirenen, die Seeleute mit ihrem Gesang in den Untergang locken. So verschieden können die Wasserwesen sein! Als angehende Mermaid möchtest du sie bestimmt kennen lernen. Deshalb stellen wir dir hier einige der Wasserwesen einmal genauer vor. Vielleicht gefällt dir ja eines besonders gut? Vielleicht möchtest du es dann sogar als Vorbild für deinen eigenen Mermaid-Charakter verwenden?

Nymphen: Dies sind verführerische junge Frauen, die fast wie Menschen aussehen und keinen Fischschwanz haben. Sie wohnen in Gewässern, aber auch in Bergen oder Bäumen und beschützen ihre Lebensräume. Bei den Wassernymphen lassen sich Meeresnymphen (Okeaniden oder Nereiden), See- und Sumpfnymphen (Limnaden), Fluss- und Stromnymphen (Potamiden) und Bach- und Quellnymphen (Najaden) unterscheiden. Sie leben viele tausend Jahre lang und sind verspielt und freundlich. Männer die ihrer Schönheit nicht widerstehen können, werden aber manchmal von ihnen ins Wasser und so in ihr Verderben gelockt!

Meerjungfrauen: Der Begriff Meerjungfrau oder Seejungfrau wird oft als Überbegriff für weibliche Wasserwesen verwendet. Im klassischen Sinne jedoch sind Meerjungfrauen schöne junge Frauen mit einem menschlichen Oberkörper und einem geschupptem Fischschwanz. Sie besitzen aber keine Seele. Oft sind sie traurig, weil sie zwischen zwei Welten - Wasser und Land - wandeln

müssen, anstatt ganz zu einer zu gehören. Sie suchen nach Liebe und Erlösung aus diesem Zwiespalt. Manchmal verlieben sich Meerjungfrauen in Menschen. Sie hoffen dann, dass die Verbindung mit einer menschlichen Seele ihnen selbst eine Seele geben wird. Doch meist endet diese Liebe tragisch, weil die Menschen ihre vertraute Lebensweise nicht aufgeben wollen und sich nach einer gewöhnlichen Beziehung an Land sehnen.

Wasserfrauen: In der Mythologie sehen diese Wesen entweder wie Meerjungfrauen, Menschen oder Wassertiere (z. B. Schwäne) aus. Den Menschen sind sie gut gesonnen. Sie stehen für das Wasser, aus welchem alles Leben stammt, sind also Lebensspenderinnen, Beschützerinnen und Ernährerinnen. Einfacher ausgedrückt: Es sind mütterliche und liebende Wasserwesen.

Nixen: Dies sind geheimnisvolle weibliche Wassergeister, die entweder einen geschuppten Fischschwanz haben, oder wie normale Frauen aussehen. In manchen Sagen und Gedichten sind sie barfüßig und mit einem Rock bekleidet, dessen Saum vor Nässe tropft. Ihre Haut ist meist blass oder grünlich. Nixen sind häufig Wasserwesen, welche die Männer durch ihre Schönheit und Anmut in die Tiefen locken. Deshalb stehen sie eher für die dunklen Eigenschaften des Wassers, nämlich für Gefahr, Verführung und Verderben. In manchen Sagen wird erzählt, dass es sich bei Nixen um die Seelen der Ertrunkenen handelt. Es gibt aber auch Geschichten, in denen Nixen Schiffbrüchige retten oder die Menschen vor Gefahren warnen, wie es z. B. beim „Donauweibchen", einem Märchen aus Österreich, der Fall ist.

Sirenen: Als Sirenen bezeichnet man vogelartige Fabelwesen mit dem Oberkörper einer Frau. Sie haben

Flügel, aber man weiß nicht, ob die Götter ihnen diese Gestalt als Geschenk oder als Strafe für Ungehorsam gegeben haben. Mit ihrer Weisheit und ihren verführerischen Gesängen werden die Seefahrer von den Sirenen an die Küsten gelockt, wo ihre Schiffe an den Felsen zerschellen. Warum sie das tun? Man weiß es nicht genau, Sirenen sind sehr geheimnisvoll. Wenn die Seeleute aber überleben, wie z. B. der griechische Held Odysseus, der sich Wachs in die Ohren gestopft und an einen Schiffsmast gebunden hat, um nicht von ihren Lockrufen und Gesängen verführt zu werden, müssen die Sirenen selbst sterben. Sie werden dann in kleine Inseln oder Felsen verwandelt. In späteren, mittelalterlichen Sagen und Bildern hat sich der Unterkörper der Sirenen von einem Vogel in einen Fischschwanz verwandelt. Sie sahen ab da eher wie Meerjungfrauen aus.

Selkies: In der schottischen Mythologie gibt es Wesen, die im Meer leben und wie Seehunde aussehen. An Land jedoch können sie ihr Seehundfell abstreifen und nehmen dann die Gestalt von wunderschönen Frauen an. Sie müssen ihr Seehundfell gut verstecken, denn nur wenn sie es wiederfinden, können sie ins Meer zurückkehren. Wenn ein Menschenmann ihr Fell findet und versteckt, ist die Selkie gezwungen, bei ihm zu bleiben. Auch von wagemutigen, kämpferischen männlichen Selkies wird berichtet. Nicht immer sind sie den Menschen gut gesonnen.

Mermaids: Dies ist das englische Wort für „Meerjungfrau". Da mythologische Wasserwesen im englischen Sprachraum oft nicht so stark unterschieden werden, wie es in unserer Sprache der Fall

ist, wird das Wort „Mermaid" eher als Überbegriff für sämtliche weiblichen Wesen mit Fischschwanz verwendet, egal ob sie Meerjungfrauen, Nixen oder Wassernymphen sind. Unser Buch trägt daher den Titel „Mermaids" als Bezeichnung für alle fischschwänzigen Meermädchen.

Männliche Wasserwesen

Die Männer mit Fischschwanz, die du vielleicht schon auf Bildern gesehen hast, sind oft gar keine Wasser- oder Meermänner, sondern Meeresgötter wie z. B. Poseidon oder Flussgötter wie Peneios. Ein typischer Wassermann dagegen ist in der europäischen Mythologie ein Naturgeist, der in seiner Gestalt und seinem Charakter sehr unterschiedlich sein kann. Oft hat er gar keinen Fischschwanz. Manchmal wird er als schöner junger Mann dargestellt, manchmal als stattlicher Mann mit Bart und Zepter, manchmal als hässlicher alter Mann und manchmal sogar als Wassertier oder Seemonster. Wassermänner können oft schön musizieren und singen. Hin und wieder locken sie Menschen in die Tiefen des Wassers, wo sie deren Seelen gefangen halten. In manchen Sagen sind sie nämlich launisch und gefährlich. Ein Wassermann kann übrigens auch den Namen Nix, Nöck, Kelpie oder Neck haben.

Die kleine Meerjungfrau

Kennst du das Märchen des dänischen Schriftstellers Hans Christian Andersen? Die jüngste Tochter des Meereskönigs, die von der Menschenwelt schon immer fasziniert war, verliebt sich in einen Prinzen, den sie bei einem Schiffbruch gerettet hat. Meerjungfrauen, denen es gelingt, die Liebe eines Mannes zu gewinnen, bekommen eine unsterbliche Seele! Aber das ist für die Meerjungfrau nicht so leicht. Sie sucht daher die Hilfe einer mächtigen Meerhexe, mit der sie einen gefährlichen Handel eingeht: Gelingt es der kleinen Meerjungfrau, die Liebe des Prinzen zu gewinnen und ihn zu heiraten, darf sie für immer als Mensch an Land bleiben. Der Preis ist hoch: Sie muss ihre Familie im Meer verlassen, ihre Stimme opfern und Schmerzen bei jedem ihrer Schritte ertragen. Wenn der Prinz sie aber nicht heiraten sollte, bekommt sie keine Seele und würde zu Schaum auf dem Meer werden! Leider erkennt der Prinz sie nicht als seine Retterin. Er glaubt, dass es eine Prinzessin aus dem Nachbarkönigreich war und heiratet diese. Um den Handel mit der Meerhexe zu brechen, raten die Schwestern der kleinen Meerjungfrau, den Prinzen zu töten, damit sie wieder ins Meer zurückkehren kann. Die kleine Meerjungfrau liebt ihn aber so sehr, dass sie ihm vergibt und ihn verschont. Da ihr Herz so bewundernswert ist, muss sie nicht zu Seeschaum werden. Sie erhebt sich als Geist in die Lüfte und es wird ihr gesagt, dass sie durch gute Taten doch noch eine unsterbliche Seele bekommen kann.
Walt Disneys Film „Arielle, die Meerjungfrau", beruht auf diesem Märchen. Im Unterschied dazu gibt es hier ein besonders schönes Happy End: Arielle gewinnt die Liebe des Prinzen und er heiratet sie. Die Meerhexe wird besiegt und durch die Macht des Meereskönigs Triton darf Arielle weiterhin an Land leben und kann dennoch immer ihre Familie im Meer besuchen.

Loreley

Die deutschen Dichter Clemens von Brentano und Heinrich Heine beschreiben in ihren Werken eine betörende Nymphe mit langen, goldenen Haaren. Sie heißt Loreley und sitzt auf einem hohen Schieferfelsen über dem Rhein. Mit ihrem Gesang und ihrer Schönheit lenkt sie die Fischer und Schiffsfahrer auf dem Wasser ab. Deshalb zerschellen deren Schiffe an den scharfkantigen Felsen oder geraten in gefährliche Strömungen und Strudel des großen Flusses.
In Bretanos Geschichte ist Loreley sehr traurig, denn obwohl sie alle

Männer bezaubern kann, hat sie der eine Mann, den sie selbst geliebt hat, mit einer anderen Frau betrogen. Sie ist so unglücklich, dass sie sich schließlich von jenem Felsen, der später nach ihr benannt wurde, in den Rhein stürzt. Er trägt bis heute den Namen Loreleyfelsen und befindet sich am rechten Rheinufer bei Sankt Goarshausen in Rheinland-Pfalz.

Undine

Undine ist eine Flussnymphe aus der Erzählung des deutschen Dichters Friedrich de la Motte Fouqué. Sie ist ein Findelkind, das bei einem Fischerpaar aufwächst. Undines echter Wasservater möchte sie mit einem Menschenmann verheiraten, damit sie eine unsterbliche Seele erhält. Der Ritter Huldbrand, der auf dem Weg durch den Wald bei der Fischerhütte vorbeikommt, verliebt sich in die schöne und lebenslustige Undine, heiratet sie und erfährt, dass sie eine Flussnymphe ist. Das Fischerpaar hat aber auch eine leibliche Tochter. Es ist die hochmütige Bertalda, die nichts davon wissen will, dass sie von einfachen Fischern abstammt. Trotzdem interessiert sich der Ritter Huldbrand für sie. Obwohl Undine gut und edel ist und beide vor ihrem rachsüchtigen Onkel Kühleborn aus dem Fluss schützt, wendet sich der Ritter immer mehr Bertalda zu. Schließlich schickt er Undine ins Wasser zurück. Er hält sie für tot und möchte Bertalda heiraten. Undine lebt aber noch und ihr Onkel Kühleborn verlangt von ihr, dass sie den Ritter tötet, falls er vorhat, Bertalda zu heiraten. Am Tage seiner Hochzeit gelangt Undine durch einen Brunnen in das Innere des Schlosses und tötet den Ritter mit einem Kuss. Offenbar liebt Undine ihn aber immer noch, denn das Grab des Ritters wird sanft von einer Flussquelle umflossen, in die sich Undine verwandelt hat.

Wasserwesen aus fernen Ländern

Du kannst in Europa noch viele andere schöne Geschichten, Sagen, Gedichte und Lieder über Wasserwesen finden. Aber auch in weit entfernten Gegenden gibt es aufregende oder traurige Erzählungen über die geheimnisvollen Bewohner der Meere, Seen und Flüsse. Manchmal sind sie den Menschen gut gesonnen und beschützen sie, manchmal sind sie auch grausam und rachsüchtig.

Ningyos

In Japan gibt es die Legende von den Ningyos. Das sind nixenartige Wesen, die jedoch nicht anmutig und schön aussehen, sondern eher furchteinflößend wirken. Manchmal haben sie, wie auch unsere Meerjungfrauen, einen menschlichen Oberkörper und einen Fischschwanz. Allerdings haben sie scharfe Krallen an den Händen. Öfter jedoch werden sie als Fische dargestellt, die als einziges menschliches Merkmal nur ein ziemlich unheimliches Gesicht haben. Es heißt, wer das Fleisch einer Ningyo isst, wird unsterblich! Doch das ist auch in Japan nicht so einfach, denn Ningyos rächen sich mit Tsunamis oder Erdbeben, wenn sie gefangen oder verletzt werden. Deshalb lassen die Menschen sie lieber in Ruhe!

Mami Wata

In Westafrika und der Karibik verehrt man schon seit langer Zeit einen gottartigen Wassergeist. Er ist meist weiblich und der Name ist Mami Wata. In vielen Bildern und Skulpturen besitzt Mami Wata einen Fischschwanz. Oft wird sie zusammen mit einer Schlange, einem Kamm und einem Spiegel abgebildet. Ihre Haut ist sehr hell. Vielleicht haben die Afrikaner das Aussehen dieses Wesens von europäischen Segelschiffen übernommen, die manchmal eine hellhäutige Meerjungfrau als Gallionsfigur hatten. Oder Mami Wata bekommt unter Wasser zu wenig Sonne ab, wer weiß das schon? Jedenfalls ist sie so launisch und wechselhaft wie das Meer selbst, mal heilend und nährend, mal zerstörerisch und unheilbringend. Wie auch immer, Mami Wata hat bis heute viele Anhänger, die sie in einem Kult verehren und sie hat sogar einen eigenen Feiertag!

Manatis

Hast du schon mal von den Manatis und Dugongs gehört? Sie sind dick, grau und haben entweder eine runde oder eine gegabelte Schwanzfluke. Die Weibchen säugen ihre Kälber an der Brust und manche Arten haben sogar Fingernägel. Früher haben Seeleute und Fischer sie an den Küsten vom Golf von Mexico, im Amazonas und vor Westafrika gesehen und sie für Meerjungfrauen gehalten. Aber weißt du was? Manatis und Dugongs sind sanftmütige Tiere, die in der Ferne tatsächlich wie korpulente Mermaids aussehen. Sie werden bei uns als Seekühe bezeichnet. Wunderbarerweise gehören sie zu den wenigen „Meerjungfrauen", von denen wir sagen können, dass sie nicht nur in der Fantasie der Menschen existieren, sondern Wirklichkeit sind!

Kapitel 9
Tipps und Tricks vom Profi

- Schminken
- Haare und Kopfschmuck
- Talente nutzen
- Wie wird man mutig?
- Orte zum Trainieren
- Der Fischschwanz auf Reisen

Eine Meerjungfrau, die in großen Aquarien und vielen anderen Gewässern dieser Welt für ein vielfältiges Publikum getaucht, gemodelt und gefilmt hat, hat natürlich zahlreiche Abenteuer erlebt und interessante Erfahrungen gemacht. So eine Profi-Mermaid hat daher schon einige Geheimnisse gesammelt, und da du sicher neugierig bist, wirst du jetzt ein paar davon erfahren!

Schminken

Um auf Unterwasser-Fotos gut auszusehen, stellst du dir für dein Make Up am besten ein kleines wasserfestes („waterproof", siehe Kapitel 1) Set zusammen. Viele Läden, die ein größeres Sortiment an Make Up anbieten, oder Fachgeschäfte für Theater-Make Up, werden dir sagen, welche Firmen wasserfestes Make Up anbieten. Es lohnt sich aber immer, die Produkte selbst zu testen! Ob das Make Up auf deiner Haut im Wasser auch hält, kannst du schon mal vorab in der Badewanne im lauwarmen Wasser testen. Zunächst muss dein Gesicht sauber und fettfrei sein. Eine Ausnahme: Wenn du bei Sonne im Freien schwimmst, solltest du unbedingt vor deinem Make Up eine wasserfeste Sonnencreme für dein Gesicht verwenden, denn Schminke allein schützt nicht vor Sonnenbrand!

Eine Grundierung, die einen ebenmäßigen Teint liefert, ist nicht unbedingt zu empfehlen, da die Farbe deines Gesichtes mit der Farbe deiner übrigen Haut übereinstimmen sollte. Keine Sorge, eventuelle Hautunreinheiten können mit Fotobearbeitungs-Programmen korrigiert werden! Wenn du aber auf eine Grundierung nicht verzichten möchtest, dann trage dünn eine Camouflage Creme deines Hauttons auf.
Beim farbigen Schminken sind deiner Fantasie keine Grenzen gesetzt. Verwende als Lidschatten am besten helle und auffällige Farben wie Gelb, Orange, Rosa, Pink, Hellgrün, Türkis, Silber oder Gold. Ein glitzernder Eyeliner an den Rändern deiner Wimpern erzeugt einen zusätzlichen, magischen

Effekt. Den Wimpern kannst du mit schwarzer, wasserfester Wimperntusche (Mascara) noch mehr Volumen und Form geben. Trage als Highlight einen Lippenstift - kein Lipgloss! - auf, das macht den Look perfekt! Hier eignet sich ein kräftiges Hellrot, Rosa oder Orange. Wenn du auf deine Lippenstiftfarbe nach dem Trocknen zusätzlich Fettstift aufträgst, hält die Farbe im Wasser länger.

Mit einem wasserfesten Theaterkleber kannst du dein Gesicht mit kleinen Glitzersteinen bekleben. Wenn du dich so richtig austoben und farblich noch einen draufsetzen möchtest: Wie wäre es mit wasserfesten Bodypainting-Farben oder passendem Nagellack? Für ausgefallene Muster auf der Haut kannst du z. B. Schminkschablonen verwenden. Grundsätzlich sollte dein Make Up kräftig und auffällig, vielleicht sogar etwas übertrieben sein, denn das Wasser schluckt einiges an Farbe.

Nun muss das aufgetragene Make Up noch haltbar für das Tauchen gemacht werden. Mit Fixierpuder pinselst du dein ganzes Gesicht ein und lässt ihn etwa 10 Minuten auf deiner Haut. Das saugt Feuchtigkeit auf. Danach pinselst du den Puder ab und sprühst das Gesicht mit einem Fixierspray ein.

Tipp: Wenn du kein Fixierpuder und -spray hast, genügt auch ein Make Up Versiegler oder ein Haarspray. Wenn gesprüht wird, ist es wichtig, dass dein Gesicht entspannt ist und du Augen und Mund geschlossen hältst.

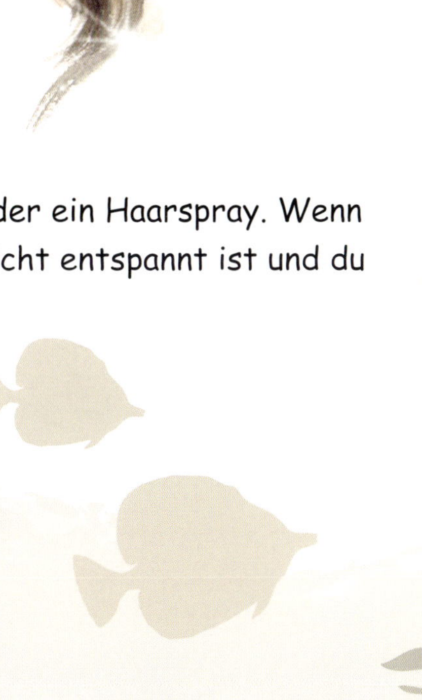

Zum Entfernen des Make Ups sind hautfreundliche Öle wie z. B. Baby-Öl oder Kokosnuss-Öl geeignet, so bekommt die Haut auch etwas Rückfettung.

Haare und Kopfschmuck

Lange Haare sehen unter Wasser besonders schön aus. Damit sie dir unter Wasser aber nicht ständig vor die Augen geraten, kannst du die vorderen Haare zu kleinen Zöpfen flechten. Haarspray solltest du aber besser nicht verwenden, da locker fließende Haare unter Wasser besser aussehen. Wenn du sie lieber offen lassen möchtest oder du ohnehin kurze Haare hast, kannst du die vorderen Haarpartien mit einer Haarspange fixieren. Um Spangen „unsichtbar" zu machen, könntest du Kunstmuscheln oder -seesterne mit einem wasserfesten Alleskleber darauf anbringen, so sieht es richtig nixenhaft aus!

Tipp: Fasse die Haarsträhnen mit einem weichen Gummi zusammen bevor du Haarspangen anbringst, damit du dir durch das Schwimmen und Tauchen keine Haare ausreißt.

Meerjungfrauen-Kopfschmuck sieht anmutig und mythisch aus. Und das Beste ist, du kannst ihn sehr leicht selbst herstellen. Möchtest du einen ozeanischen Haarkranz für Fotoshootings an Land? Dazu kaufst du dir einen einfachen, etwas breiteren Haarreif aus dem Kaufhaus. Dann beklebst du ihn, wiederum mit wasserfestem Alleskleber, mit Kunstmuscheln, Perlen und Kunstpflanzen. Kunstpflanzen und -muscheln bekommst du in einem Bastelgeschäft oder in Aquarien-Läden. Du wirst beim Aufkleben etwas Geduld brauchen, weil du bei jedem Einzelteil ein bisschen warten musst, bis der Kleber getrocknet ist. Aber am Schluss besitzt du dann ein kleines, einzigartiges Kunstwerk, wie es auch Profis gerne bei ihren Auftritten tragen.

Tipp: Viele Accessoires lassen sich sehr gut mit Acrylfarbe bemalen, so dass du sie farblich an deinen Fischschwanz anpassen kannst. Wenn du sie anschließend noch mit einer durchsichtigen Lackierung überstreichst, hält die Farbe lang an.

Du möchtest noch majestätischer erscheinen? Besorge dir dafür ein Prinzessinnen-Diadem, am besten aus Metall. Zur Faschingszeit gibt es eine große Auswahl in den Kaufhäusern. Nachdem du es mit grünem oder braunem Stoff beklebt hast - natürlich mit wasserfestem Alleskleber - kannst du das Diadem ebenfalls mit Schätzen aus dem Meer bekleben. Kleine Lücken füllst du am besten mit Miniperlen oder Steinchen aus. Es gibt viele Bilder von Mermaid-Haarkränzen und Diademen, die du als Inspiration verwenden kannst!

Tipp: Fixiere die hinteren Enden des Diadems mit einem Gummiband, dann hält es, ohne herunter zu rutschen. Nach jedem Bad im Chlor- oder Salzwasser solltest du außerdem eine ölhaltige Haarkur verwenden. So kannst du deine Haare nach Entfernen des Haarschmucks besser entwirren und sie bleiben schön glänzend und gesund.

Talente nutzen

Viele junge Mermaids schwimmen gerne im Schwarm und haben großen Spaß dabei. Wenn du aber den Wunsch hast, ein ganz besonderes Meereswesen zu werden, kannst du dafür deine weiteren Talente einsetzen. Hast du eine schöne Singstimme? Einige Mermaids haben schon wunderschöne Lieder bei Events gesungen und treten damit in Walt Disney`s Arielles „Flossenstapfen". Egal, ob du schauspielerisches, komödiantisches, tänzerisches, erzählerisches oder künstlerisches Talent hast, toll schwimmst, ein klasse Fotomodel oder als Junge ein kühner Meermann bist, bringe es in deinen Auftritt ein. Je mehr du an deiner Besonderheit übst, desto mehr Zuversicht wirst du haben, das auch vor Publikum zu zeigen. In Vergessenheit geraten wirst du damit bestimmt nicht so schnell!

Tipp: Nicht allein der Fischschwanz macht dich zur Mermaid oder zum Meermann, sondern wie du damit auftrittst und was du damit machst!!

Wie wird man mutig?

Hast du dich schon mal gefragt, wie es manchen Profi-Mermaids gelingt, an geheimnisvolle Orte in den Tiefen des Meeres zu gelangen oder mit Haien zu schwimmen, ohne gefressen zu werden? Ganz einfach: Sie haben gelernt, wie man das richtig macht. Sie stürzen sich nicht leichtfertig in tollkühne Gefahren, sondern vertrauen auf ihr Wissen und ihre Erfahrung. Aber auch sie mussten einmal Mut beweisen, nämlich dann, als sie diese Abenteuer zum allerersten Mal versuchten.

Die Überwindung der eigenen Angst erfordert immer Mut, manchmal sogar sehr viel Mut. Da sich jeder vor anderen Dingen fürchtet, die es zu überwinden gilt, sind auch Mutbeweise sehr verschieden. Wenn du dich z. B. fürchtest, von einem 3-Meter Brett ins Wasser zu springen, dich dann irgendwann doch überwindest und springst, bist du in diesem Augenblick mutiger als ein 3000-Meter Fallschirmspringer, der das schon oft gemacht hat. Denn schließlich hast ja du an diesem Tag deine Angst erfolgreich überwunden und der Fallschirmspringer nicht, da er keine mehr hatte. Er scheint zwar mutig zu sein, aber sein Sprung beruht auf Wissen und Erfahrung. Das heißt im Klartext: Jeder, der seine eigene Angst überwindet, ist mutig.

Der Trick für mehr Mut ist: Kleine Schritte und Geduld! Keine Mermaid auf dieser Welt kann alles und traut sich alles. Deshalb solltest du dir überlegen, was genau du können möchtest. Dabei ist wichtig, sich immer nur auf eine bestimmte Sache zu konzentrieren und daran zu arbeiten. So bekommst du im Lauf der Zeit, neben Wissen und Erfahrung, auch Zuversicht und kannst richtig stolz auf dich sein. Du weißt ja jetzt: Wissen und Erfahrung geben dir automatisch den Mut, später große Pläne zu verwirklichen, die dir heute noch so abenteuerlich erscheinen!

Alle großen Leistungen haben einen kleinen Anfang. Der bewunderte Felsenspringer ist nicht von Anfang an von den höchsten Klippen gesprungen. Er hat einmal am Beckenrand angefangen und der kühne Apnoetaucher hat mit harmlosem Schnorcheln begonnen. Und was ist nun das Geheimnis von Profi-Mermaids? Ganz einfach: Lass dich nicht täuschen, denn das, was so leicht und mutig aussieht, ist in Wirklichkeit das Ergebnis harter Arbeit. Alle erfolgreichen Mermaids mussten einmal Schritt für Schritt Ängste und Schwierigkeiten annehmen und überwinden! Manches klappt und manches nicht. Aber das Motto ist immer: Niemals aufgeben!

Orte zum Trainieren

Jede Mermaid braucht regelmäßiges Training. Am besten und sichersten ist dies im Schwimmbad. Oft ist das aber nicht so einfach, da in vielen öffentlichen Bädern das Schwimmen mit Monoflosse oder Fischschwanz verboten ist. Es gibt aber folgende Möglichkeiten: Zunächst könntest du den Bademeister eines nahegelegenen Bades fragen, ob du zu einer bestimmten Zeit, wenn wenig Badegäste anwesend sind, mit deiner Flosse schwimmen darfst. Das wird manchmal erlaubt, wenn der Bademeister darauf vertrauen kann, dass du gut und sicher schwimmst und niemanden mit der Schwanzfluke behinderst oder verletzt. Falls das aus sicherheitstechnischen Gründen nicht erlaubt ist, versuchst du herauszufinden, in welchen Bädern in deiner Umgebung das Flossenschwimmen gestattet ist. Das Bad ist dann vielleicht nicht ganz in der Nähe deines Wohnortes, aber das Schwimmen mit einem Fischschwanz ist schon einen größeren Ausflug in ein weiter entferntes Bad wert. Die dritte Möglichkeit ist, sich bei einer Meerjungfrauen-Schwimmschule (siehe Kapitel 10) anzumelden. Die Vorteile sind, dass du regelmäßiges Training erhältst, viele Wassertricks lernst und andere Meermädchen und -jungs kennenlernst. Wenn du keinen

eigenen Fischschwanz hast, kannst du dort meistens einen ausleihen. Außerdem organisieren einige solcher Schulen Veranstaltungen, Wettbewerbe, Ausflüge und Shootings, bei denen du dein Können zeigen kannst!

Der Fischschwanz auf Reisen

Du möchtest verreisen und deinen Fischschwanz mitnehmen? Dabei ist zunächst wichtig, dass dein wertvoller Fischschwanz sicher transportiert werden kann. Spandex- und Neoprenfischschwänze kannst du ganz einfach in Luftpolsterfolie oder Handtücher einwickeln und in eine große Tasche oder einen Koffer stecken. Der empfindliche Teil ist die Monoflosse in der Schwanzfluke. Achte im Auto oder im Zug darauf, dass kein weiteres Gepäck darauf abgestellt wird. Solche Fischschwänze passen meist auch in einen größeren Hartschalen-Reisekoffer, der sich gut für Flugreisen eignet. Die Monoflosse darf jedoch beim Schließen des Koffers niemals gebogen werden. Sie kann leicht brechen und eine Reparatur ist dann sehr schwierig und manchmal aussichtslos. Für Profis auf Reisen eigenen sich daher besonders monoflossenlose Fischschwänze, deren Fluken ausschließlich aus Hartsilikon bestehen. Bei größeren Fluken ist eine Monoflossentasche oder eine Tasche für Tauchzubehör zu empfehlen. Da solche Taschen aber meist nach außen nur wenig verstärkt sind, musst du deinen Fischschwanz sehr gut auspolstern.

Tipp für Flugreisen: Wenn du große Sorge hast, dass dein Fischschwanz beim Transport beschädigt werden könnte, und er sehr leicht ist, kannst du ihn in einer Tasche verstaut auch als Handgepäck in die Bordkabine mitnehmen. Bei Spandexflossen ist das meist kein Problem. Einige Mermaids reisen sogar mit Silikonfischschwänzen als Handgepäck. Diese sind aber wegen ihres Gewichtes nur sehr schwer durch den Flughafen zu transportieren und aufgrund von Platzproblemen nicht bei allen Airlines in der Bordkabine erlaubt. Unbedingt vorher nachfragen!

Kapitel 10
Mermaids -
Was sonst noch dazugehört

- Weitere Ausbildung
- FAQs
- Mermaids in Film und TV
- Adressen und Links
- Über die Autoren
- Dein Zertifikat
- Danksagung

Bereits jetzt kannst du stolz darauf sein, was du schon gelernt hast! Zum Schluss noch ein paar weitere Orientierungspunkte und Tipps, die Dir helfen sollen, dich in dieser neuen und aufregenden Welt gut zurechtzufinden!

Weitere Ausbildung

Die Welt einer jungen Mermaid ist vielfältig und aufregend. Sie gibt dir die Möglichkeit, deinen Traum zu leben und gleichzeitig viele Menschen zu erfreuen. Um dich möglichst gut auf die vielen verschiedenen Situationen in deiner Mermaid-Welt vorzubereiten und um deine Sicherheit im Wasser zu erhöhen, ist es sinnvoll, wenn du neben dem Schwimmen als Meerjungfrau - oder etwas später - eine Ausbildung im Gerätetauchen (Scuba diving) absolvierst. Damit erhältst du einen Tauchschein, den du als Basis für deine späteren Unterwasserabenteuer für viele Gelegenheiten, auch als Meerjungfrau, brauchen wirst. Es ist empfehlenswert, diese Ausbildung gleich bei einem Verein oder einer Tauchschule in deinem Heimatort zu machen, denn hier hat man etwas mehr Zeit als bei einer kurzen Urlaubsausbildung.

Am besten ist es, wenn du eine Tauchschule wählst, die nach den Richtlinien international anerkannter Tauchausbildungsorganisationen wie CMAS, DIWA, NAUI, PADI oder SSI unterrichtet und am Ende deines Tauchkurses deine Kenntnisse mit einer international anerkannten Brevetierung (Tauchschein) bestätigt. In Tauchsportvereinen wird in Deutschland, Österreich und der Schweiz nach den Richtlinien des Welttauchsportverbandes (CMAS) unterrichtet.

Für alle Tauchscheine musst du einen theoretischen und einen praktischen Teil absolvieren und am Ende in einer Theorieprüfung und einem praktischen Teil zeigen, was du gelernt hast. Im theoretischen Teil sind dies hauptsächlich Verhaltens- und Sicherheitsbestimmungen und die Kenntnisse über die Tauchausrüstung. Im praktischen Teil lernst du z.B. das Ausblasen deiner Tauchmaske, das Tarieren, bei dem du deinen Körper konstant auf einer Höhe halten musst, die Unterwasserzeichensprache, einige Partnerübungen und konditionelle Leistungen. Doch keine Angst, das Lernen und Üben für den Tauchschein macht großen Spaß und ist auch anders als das

Lernen in der Schule, weil es in kleinen Gruppen mit sehr persönlicher Betreuung stattfindet.

Später kannst du deine Kenntnisse und Fähigkeiten, je nach Interesse und Möglichkeiten, durch zusätzliche Spezialgebiete erweitern, wie z.B. Wracktauchen oder Höhlentauchen.

Buchtipp

Lass uns tauchen!
Tauchpraxis für Kinder und Jugendliche

Stephanie Naglschmid
80 Seiten, 183 farbige Zeichnungen, Format 20,9 x 29,7 cm, kartoniert, Edition Naglschmid,
ISBN: 978-3-667-10628-5,
EUR 12,90 (D)

Als Mermaid ist es natürlich sinnvoll, den Gerätetauchschein noch durch eine professionelle Apnoeausbildung zu ergänzen, die inzwischen auch von vielen Organisationen angeboten wird. Vielleicht möchtest du aber zunächst einen direkten Ausbildungskurs zur Mermaid in einem Verein, einer Schwimmschule oder Mermaidakademie besuchen?
Die Möglichkeiten sind zahlreich, also: **Tief Luft holen und rein ins Abenteuer!**

FAQs

So ein paar Dinge gehen einem immer im Kopf herum, daher hier ein paar der meisten Fragen, die gestellt werden:

Kann man Meerjungfrau als Beruf ausüben?
Man kann als Unterwassermodel für Projekte und Aufträge ganz gut bezahlt werden, jedoch kann bisher keine Meerjungfrau, nicht einmal ein Profi in den USA, ausschließlich davon leben. Die Unterwasserbranche ist dafür zu klein. Selbst Profi-Meerjungfrauen haben meist andere Jobs, mit denen sie ihr Geld verdienen.

Gibt es eigentlich schon viele Meerjungs und Meermänner?
Früher war das Schwimmen und Tauchen als Meerjungfrau eher den Mädchen und Frauen vorbehalten, weil man dieses mythologische

Wesen mit romantischer Weiblichkeit assoziiert hat. Mittlerweile sind aber auch immer mehr Jungs durch die TV-Serie „Mako – Einfach Meerjungfrau" dazu inspiriert worden, selbst einmal die Flosse und den Dreizack zu schwingen. Es sind sogar schon Meermänner in Werbung, Aquarien und Magazinen vertreten.

Ab welchem Alter kann man mit dem Fischschwanz schwimmen?
Im Prinzip kann man damit anfangen, sobald man sich im Wasser sicher fühlt. Einige sehr junge Mermaids, gerne auch als „Kaulquappen" bezeichnet, sind manchmal schon mit 7 Jahren mit Fischschwanz auf Entdeckerkurs. Der Fischschwanz ist aber nur geeignet für solche, die sich im und unter Wasser pudelwohl fühlen. Für den Eintritt in Mermaid-Schulen, für das „Mermaiding" im Hallenbad oder für den Verleih von Fischschwänzen wird meist als absolutes Minimum das Seepferdchen-Abzeichen gefordert. Dieses Abzeichen kann man ab einem Alter von 5 - 6 Jahren machen.

Wie teuer sind Fischschwänze?
Das ist sehr unterschiedlich. Mermaid-Fischschwänze aus Spandex kosten zwischen 70 - 300 Euro, aus Neopren ca. 300 - 800 Euro. Silikonfischschwänze werden maßangefertigt und meist nach einem persönlichen Farbdesign hergestellt. Ein solcher Fischschwanz in guter Qualität kostet zwischen 3000 – 8000 Euro. Solche, die für Filmproduktionen hergestellt werden, sind teilweise noch teurer. Reparaturen sind aber kompliziert und erfordern Know-how im Silikongießen. Die genannten Preisangaben richten sich nach den derzeitigen Angeboten (2017) und unterliegen entsprechenden Marktentwicklungen. Es ist also sinnvoll, immer nach aktuellen Angeboten zu suchen. Empfehlenswerte Adressen findest du im Anhang.

Wie ist es, mit Haien zu schwimmen?
Ziemlich aufregend! Haie sind wunderbare Tiere und es ist schön, mit ihnen im gleichen Wasser zu sein. Es gibt natürlich einige wichtige Regeln, die man beachten muss, um die Tiere nicht zu provozieren. Haie sind

Ganz wichtig:
Eine Begleitperson!
Du darfst niemals ohne eine andere Person, die auf dich aufpasst, mit deiner Fischflosse im Wasser sein. Eltern, Schwimmlehrer, Rettungsschwimmer oder Bademeister müssen immer auf dich achten. Auch wenn das Wasser flach ist. Selbst Profis schwimmen niemals alleine. Es können immer unvorhergesehene Dinge passieren und nur wenn du absolut sicher bist, kannst du ohne Angst und Gefahr neue Nixenkunststücke ausprobieren oder deine Schwimm- und Tauchtechnik verbessern!

wilde und freilebende Tiere, die für uns immer noch unberechenbar sind. Man sollte sich daher vorher sehr genau über deren Gewohnheiten informieren, denn manche Arten können sich bei falschem Verhalten bedroht fühlen und es kann dann leicht zu Unfällen kommen. Auf jeden Fall ist Vorsicht geboten, Touristenattraktionen wie Hai-Fütterungen sind nicht nur gefährlich, sondern auch ökologisch schädlich und sollte man grundsätzlich unterlassen. Einige Apnoetaucher haben inzwischen gezeigt, dass man selbst mit dem berühmt-berüchtigten Weißen Hai positive Begegnungen haben kann, wenn man sich richtig verhält und sehr viel Erfahrung hat. Das ist aber nicht allen und auf gar keinen Fall Anfängern zu empfehlen!

Kann man als Mermaid in einem Aquarium schwimmen?
Es ist ziemlich schwierig, eine Genehmigung dafür zu erhalten. Man muss sorgfältig darauf achten, die Tiere nicht zu stören, hervorragend unter Wasser sehen können und man selbst geht, verglichen mit dem Tauchen im Pool, ein erhöhtes Verletzungsrisiko ein. Das Auftreten in Aquarien erfordert daher sehr viel Erfahrung.

Wenn man gerne liest, gibt es gute Bücher über Meerjungfrauen?
Ja, davon gibt es jede Menge und für jedes Alter. Für junge Mermaidfans eignen sich z.B. „Jakob und die Wassernixe" von Ingrid Uebe, „Nixenzauber" von Katrin Weller und die Buchreihe über die Abenteuer der Nixe „Emily Wildfang" von Liz Kessler ab 7, 8 bzw. 10 Jahren. Ein bezauberndes Buch für Jugendliche und Erwachsene ist z.B. „Mermaid" (englisch) von Carolyn Turgeon.

Wie kann ich Eltern überreden, mir einen Fischschwanz zu kaufen?
Du musst etwas Geduld haben. Obwohl das Schwimmen mit einem Fischschwanz immer beliebter wird, sind noch einige Eltern nicht vom Sinn dieser Sache überzeugt. Zeige ihnen Bilder von Fischschwänzen und erkläre ihnen, dass du nichts Ungewöhnliches oder Gefährliches machen möchtest, sondern einer interessanten neuen Sportart folgst, für die man, wie für jede andere Sportart auch, eine gute Ausrüstung braucht. Mache ihnen klar, dass das Schwimmen mit Fischschwanz deine Schwimmkünste und Fitness fördert. Biete ihnen an, selbst auf deinen zukünftigen Fischschwanz zu sparen. Sicher sind sie beeindruckt und überzeugt, dass dies dein größter Wunsch ist. Viel Erfolg!

Mermaids in Film und TV

- H_2O – Plötzlich Meerjungfrau (TV-Serie, 3 Staffeln, AUS / D, 2006 – 2010)
- Mako – Einfach Meerjungfrau (TV-Serie, 3 Staffeln, AUS / D, 2013 – 2016)
- H_2O – Abenteuer Meerjungfrau (Animations-Serie, 26 Episoden, AUS / F / D, 2014)
- Monster High – Das große Schreckensriff (Spielfilm, USA, 2016)
- Fluch der Karibik 4 – Fremde Gezeiten (Spielfilm-Reihe, USA, 2011)
- Barbie und die magischen Perlen (Animationsfilm, USA, 2014)
- Barbie und das Geheimnis von Oceana (Animationsfilm, USA, 2010)
- Barbie und das Geheimnis von Oceana 2 (Animationsfilm, USA, 2012)
- Barbie – Mermaidia (Spielfilm, Animationsfilm, USA / CAN, 2006)
- Ondine – Das Mädchen aus dem Meer (Spielfilm, IR / USA, 2009)
- Fishtales – A funny catch! (Spielfilm englisch, USA / GR, 2007)
- Aquamarine – Die vernixte erste Liebe (Spielfilm, USA, 2006)
- Mermaids – Zauberhafte Nixen (Spielfilm, USA, 2003)
- Arielle – Die kleine Meerjungfrau (Walt Disney Zeichentrickfilm, USA, 1989)
- Arielle 2 (Walt Disney Zeichentrickfilm, USA / CAN / AUS, 2000)
- Arielle – Wie alles begann (Walt Disney Zeichentrickfilm, USA, 2008)
- Sabrina verhext Australien (Spielfilm, USA, 1999)
- Die kleine Meerjungfrau Marina (Zeichentrick-Serie, 6 Episoden, JP, 1991-1996)
- Splash – Jungfrau am Haken (Spielfilm, USA, 1984)
- Splash Too (Spielfilm, USA, 1988)
- Die traurige Nixe (Märchenfilm, RUS / BUL, 1976)
- Die kleine Meerjungfrau (Märchenfilm, TSCH, 1976)

Adressen und Links

Meerjungfrauen-Schulen

Austrian Mermaids
Harald & Nicole Slauschek
Franz-Grillparzer-Gasse 5
A-2345 Brunn/Geb.
www.austrian-mermaids.at

Tauchschule SSI Dive Center Köln
Mary Schnackertz
Aachener Strasse 548
D-50226 Frechen-Königsdorf
www.ssidivecenter.de

Meerjungfrauen-Club Deutschland
Katharina Hegemann
Alfdorfer Str. 7, D-73557 Mutlangen
www.meerjungfrauen-club.de

Meerjungfrauentreff Nord
Franziska Ernst
Hofstückenweg.16, D-22145 Hamburg
www.meerjungfrauentreff-nord.de

Swimolino GmbH
Sabine Schönborn
Kleiststraße 63, D-04157 Leipzig
www.swimolino.de

Aqua Training
Sandra Groß
Odenwaldstr. 28, D-64832 Babenhausen
www.aqua-training.com

Münchner Meerjungfrauenschwimmschule
Weilerstrasse 2, D-81541 München
www.meerjungfrauenschwimmschule.com

Nixentraum
Sabrina Pfeffer
Rosengasse 4, A-5700 Zell am See
www.nixentraum.at

Aqua Fun
Oliver Page
Adalbert-Stifter-Str. 5, D-82418 Murnau
www.aquafun-murnau.de

Mermaid Tirol
Dr. Körner Straße 4a, A-6130 Schwaz/Tirol
www.mermaid-tirol.at

Mermaid Kat Academy
Katrin Gray
Forstgrund 8, D-30629 Hannover
www.meerjungfrauen-schule.de

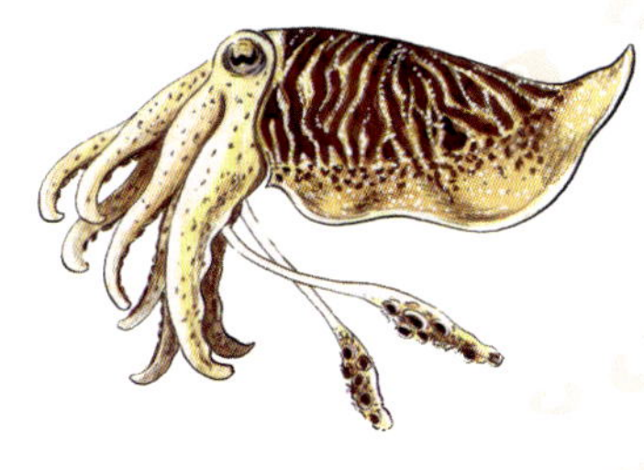

Mermaid-Ausrüstungen und Fischschwänze

Magictail GmbH
Wolf Juhnke und Kirsten Söller
Gewerbestr. 10
D-79183 Waldkirch
www.magictail.net

MJSS Mermaid Shop
WUMASO GmbH
Zentrum Meierwis
CH-8606 Greifensee
www.mjss.ch oder www.mjss.de

Mermaid Kat Shop
Monika Schwarz
Forstgrund 8, D-30629 Hannover
www.mermaid-kat-shop.de

Simones Hammerladen
Simone Hammer
Kaufmannstraße 24, D-09117 Chemnitz
www.simones-hammerladen.de
www.merfins.de

Mermaid-Fotografen

Harald Slauschek:
www.h2o-photography.com

Uwe Kiehl:
www.uwe-kiehl.com

Konstantin Killer:
www.killer-uwpics.de

Lars Thies:
www.blubberblitz.de

Reinhard Mink:
www.unterwasser-photoshooting.de

Thomas Röher:
www.babyschwimmentv.de

CMAS-Tauchsportverbände

Verband Deutscher Sporttaucher VDST e. V.
Berliner Str. 312
D-63067 Offenbach
www.vdst.de

International Aquanautic Club i.a.c.
Borbecker Str. 249
D-45355 Essen
www.diveiac.de

VIT Verband Internationaler Tauchschulen e.V.
VIT-Service-Center
Hussitenweg 3
D-93133 Burglengenfeld
www.vit.info

VEST
Verband Europäischer Sporttaucher e. V.
www.vest-dive.de

FST Fachverband staatlich geprüfter Tauchsportlehrer e. V.
www.fst-ev.com

VDTL Verband Deutscher Tauchlehrer e.V.
www.vdtl.de

ICMC International Committee of Marine Conservation
www.icmc-tauchsport.de

PROTEC Professional Technical Diving
www.protecdive.com

IDA International Diving Association
www.ida-worldwide.com

UDI United Diving Instructors
www.u-d-i.de

S.U.B. TAUCHSPORTSERVICE GMBH
www.sub-international.com

CMAS.CH - Schweizer Tauchausbildungsorg.
www.cmas.ch

TSVÖ Tauchsportverband Österreich
www.tsvoe.at

Weitere Tauchsportverbände

AIDA International (Freediving)
www.aidainternational.org

SSI International GmbH
www.divessi.com

DIWA International
www.diwadiving.com

PADI MIDDLE EAST AND AFRICA
www.padi.com

NAUI Europe
www.naui-europe.com

Eine aktuelle Adressliste von Mermaidkursen anbietenden Schulen und Vereinen sowie Ausrüstungsanbietern findest du auf unserer Website. Hier ergänzen und aktualisieren wir regelmäßig alle uns bekannten Adressen und Tipps:

www.naglschmid.de/mermaids

Daniela Rodler

geboren in München, ist Profi-Meerjungfrau, Unterwassermodel und Apnoetaucherin.

Daniela entdeckte ihre Leidenschaft zum Wasser schon als Kind. Nachdem sie einige Jahre lang Wettkampf-Schwimmerin war, widmete sie sich danach dem Ballett und Schauspiel, später dem Tauchen. Ihren Traum, eine abenteuerlustige Profi-Meerjungfrau zu werden, konnte sie seit 2009 verwirklichen.

Seitdem tritt sie damit national und international für TV-Produktionen, Großaquarien, Events, Fotoshootings, Tier- und Umweltschutz, Charity-Veranstaltungen und Messen auf. Ihre Unterwasser-Einsätze führten sie u.a. nach England, Schottland, Frankreich, Lanzarote, Teneriffa, Mexico und Grenada. In US-Aquarien schwamm sie als Gast-Mermaid in Denver, Las Vegas und Sacramento.

Nebenbei widmet sie sich dem eigenständigen Bau von Mermaid-Fischschwänzen aus Silikon und dazu passenden Accessoires. Neben ihrer hauptberuflichen Tätigkeit als Wissenschaftlerin gilt Daniela Rodler als eine der erfolgreichsten und vielseitigsten Meerjungfrauen Europas.

Besuche ihre website: **www.muenchens-nixe.de**

Stephanie Naglschmid
geboren in Stuttgart, ist Verlegerin, Illustratorin und Künstlerin.

Stephanies Hobbies sind Schnorcheln & Tauchen, Bücher lesen und Schmökern. Seit sie denken kann, hatten Farben, Stifte, Pinsel, Papier und Leinwand eine besondere Magie für sie. Aus dem Nichts einer leeren Fläche, aus einem Gedanken heraus ein lebendes, sprechendes Bild, eine ansprechende und erklärende Illustration oder neue Charaktere zu schaffen, ist für sie ein faszinierender Prozess.

Im Jahr 1984 begann der Einstieg in den Medienbereich, die Gründung des Verlages Stephanie Naglschmid. Bereits 10 Jahre später der Start der Design & Grafikfirma ILVA. Sie entwickelte und zeichnete zahlreiche Illustrationen für über 140 naturwissenschaftliche Fachbücher und Fachzeitschriften. Hinzu kamen Auftragsarbeiten im In- und Ausland und Panoramabilder zu Themen des Natur- und Umweltschutzes, sowie zahlreiche Ausstellungen. Seit 2001 ist sie Artdirektorin beim Fachmagazin DIVEMASTER.

Stephanie Naglschmids Arbeitstechniken sind klassisch mit Graphit, Tusche, Aquarell, Gouache, Pastell, Öl, Kohle, Rötel und Farbstift.

Besuche ihre website: **www.ilva-design.de**

Wir wünschen dir jede Menge Spaß und viele wunderbare Unterwasserabenteuer!

Und bitte immer daran denken: Eine Begleitperson!

Gehe niemals ohne eine andere Person, die auf dich aufpasst, mit deiner Fischflosse ins Wasser. Eltern, Schwimmlehrer, Rettungsschwimmer oder Bademeister müssen immer auf dich achten. Auch wenn das Wasser flach ist. Selbst Profis schwimmen niemals alleine. Es können immer unvorhergesehene Dinge passieren und nur wenn du absolut sicher bist, kannst du ohne Angst und Gefahr neue Nixenkunststücke ausprobieren oder deine Schwimm- und Tauchtechnik verbessern!

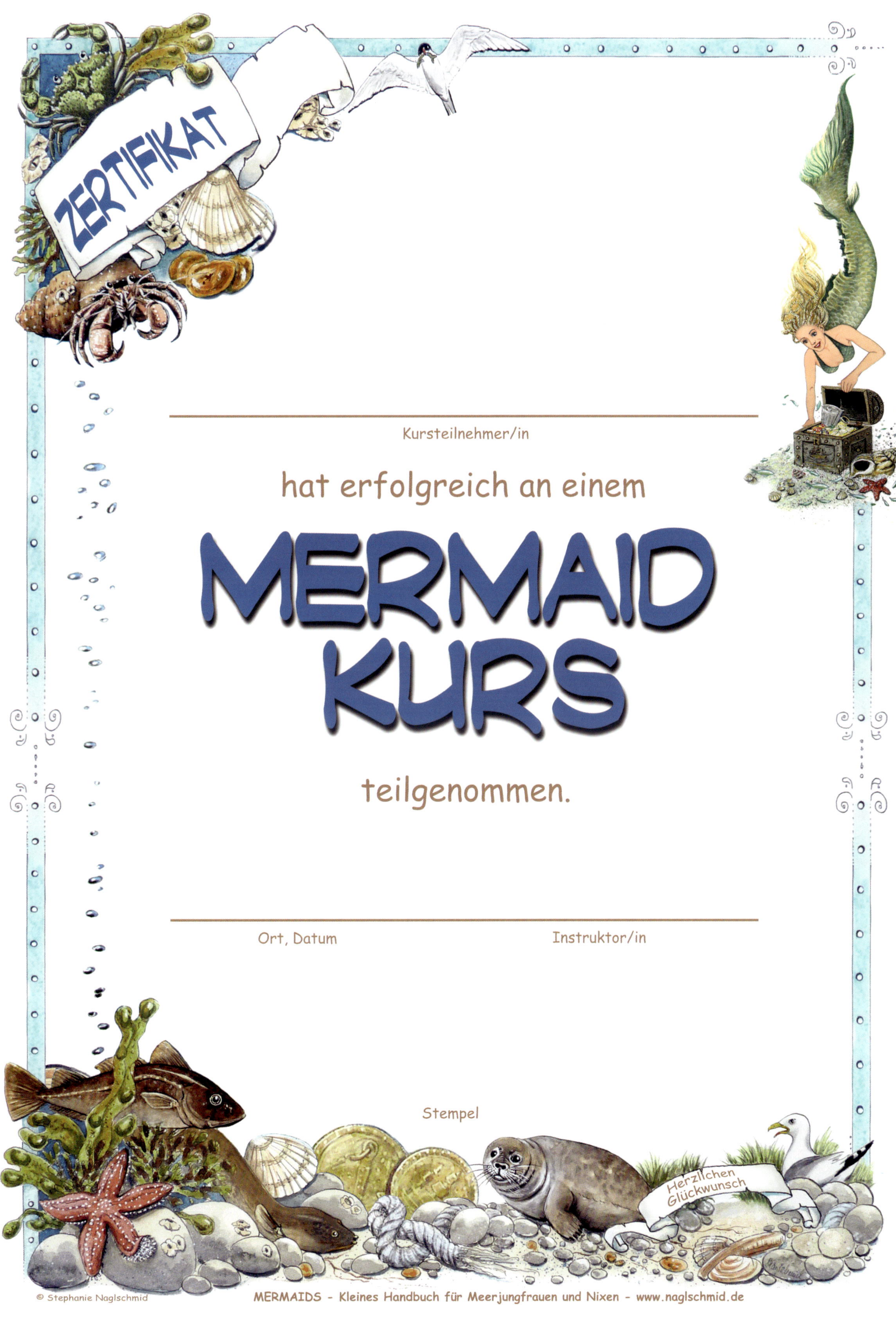
ZERTIFIKAT
Kursteilnehmer/in
hat erfolgreich an einem
MERMAID
KURS
teilgenommen.
Ort, Datum
Instruktor/in
Stempel
Herzlichen
Glückwunsch

Danksagung

Schon sehr lange hatte ich mich mit dem Gedanken getragen, meine Erfahrungen zu teilen und jungen Mermaids eine kleine Hilfestellung auf ihrer spannenden Reise in die Unterwasserwelt zu geben. Ich bekomme sehr viele Emails von Meermädchen- und jungs, die mir die unterschiedlichsten Fragen stellen. Leider ist es zeitlich unmöglich, sie alle zu beantworten. Da ich nun die Chance bekommen habe, dieses Buch zu verfassen, hoffe ich, dass ihr hier ein paar Gedanken, Tipps und Geheimnisse nachlesen könnt.

Eine Nixe zu sein hat mein Leben verändert, ich habe Abenteuer erlebt, die ich mir in meinen kühnsten Träumen nicht hätte vorstellen können. Ich habe die Anfänge der Mermaid-Szene erlebt und seitdem viel gelernt, habe sowohl Erfolge gehabt, als auch Fehler gemacht. Ich habe mich selbst kennengelernt, Grenzen ausgetestet und bin darüber hinausgegangen. An anderen Tagen hat überhaupt nichts funktioniert und ich wollte meine Flosse nur noch in die Ecke werfen. Das geht allen so, egal ob Mermaid oder Mensch. Aber am nächsten Tag muss man die Flosse wieder herausholen und sich bewusst machen, warum man sich dafür entschieden hat, eine Meerjungfrau oder ein Meermann zu sein: Weil der Zauber immer wieder neu entflammt und weil euch nichts aufhalten kann! Jetzt seid ihr dran, das Abenteuer erwartet euch! Wir alle können dankbar sein, dass wir uns an einem Ort befinden, wo wir die Chance haben, diesen Traum zu leben.

Danken möchte ich auch allen Unterstützern, die dieses Buch ermöglicht haben: Da ist zunächst natürlich Stephanie Naglschmid, die meine Texte so wunderbar illustriert und künstlerisch gestaltet hat, dass ich schon beim Schreiben verzaubert war. Da ist der Profi-Apnoetaucher Nik Linder, der „Mermaids" mit seinem wunderbaren Vorwort eröffnet hat. Da ist Christian Redl, ebenfalls Profi-Apnoetaucher, der mir Inspiration und ein toller Freediving-Instructor war und das Letzte aus mir herausgeholt hat. Da ist Petra Kirsche, die hartnäckige Fehlerteufel aus dem Text gefischt hat. Da seid ihr vielen anderen, die mir wertvolle Tipps gegeben haben. Und da seid ihr Mermaid-Fans, die ihr dieses Buch gelesen habt und hoffentlich Spaß daran hattet! Nicht zuletzt möchte ich natürlich Dr. Friedrich Naglschmid danken, dem Herausgeber des Tauchsport-Fachmagazins DIVEMASTER, der die Idee zum Buch hatte und die Hebel in Bewegung setzte, damit ich diesen Traum verwirklichen konnte.
Da ein gutes Buch immer nur ein vorläufiger Ersatz für ein besseres sein kann, sind konstruktive Kritik, Anregungen und Verbesserungsvorschläge jederzeit willkommen!

Daniela Rodler